Franca Rame / Dario Fo
Offene Zweierbeziehung / Eine Mutter / Die Vergewaltigung
Rotbuch 301

FRANCA RAME /
DARIO FO

Offene Zweierbeziehung

Eine Mutter

Die Vergewaltigung

Drei Stücke
und eine Nachbemerkung zu
Franca Rame

Aus dem Italienischen
von Renate Chotjewitz-Häfner

Rotbuch Verlag Berlin

Originaltitel:
Una coppia aperta
Una madre
Lo stupro

Das Stück „Offene Zweierbeziehung“ wurde der aktuellen italienischen Fassung angeglichen und teilweise neu übersetzt.

3. veränderte Auflage
9.–13. Tausend 1987

Druck: Druckhaus Neue Presse Coburg

ISBN 3 88022 301 7

Inhalt

FRANCA RAME / DARIO FO
Offene Zweierbeziehung 7

FRANCA RAME / DARIO FO
Eine Mutter 45

FRANCA RAME / DARIO FO
Die Vergewaltigung 57

FRANCA RAME
Die Vergewaltigung 61

RENATE CHOTJEWITZ-HÄFNER
Nachbemerkung zu Franca Rame 67

FRANCA RAME / DARIO FO

OFFENE ZWEIERBEZIEHUNG

Personen
Antonia: die Ehefrau
Ein Mann: der Ehemann
Professor: der Liebhaber

Ein möbliertes Appartement. Im Vordergrund links ein Fenster mit Balustrade und Blick aufs Publikum. Rechts eine Sitzecke. Dahinter, erhöht, eine Innentreppe, die zum Bad führt. Ein Mann um die vierzig klopft heftig an die Badezimmertür, auf sein Gesicht ist ein Scheinwerfer gerichtet.

MANN Mach keinen Blödsinn, Antonia ... komm da raus! Sag schon, was machst du? Du hast ja recht, vielleicht bin ich schuld ... aber komm endlich da raus, bitte ... mach die Tür auf! Komm, laß uns reden, hörst du? Nimm doch nicht immer alles so tragisch. Laß uns diese Dinge doch wie vernünftige Menschen lösen. *(Er schaut durchs Schlüsselloch)* Was hast du vor? Weißt du was? Du bist verrückt, total übergeschnappt bist du!
(Rechts auf der Bühne erscheint eine Frau, ebenfalls im Scheinwerfer. Der übrige Raum bleibt weiter halbdunkel. Sie spricht zum Publikum gewandt.)

FRAU Die übergeschnappte Verrückte, die sich im anderen Zimmer, genauer gesagt im Bad einschließt, das bin ich. Derjenige, der hier rumbrüllt und mich anfleht, ich soll keine Dummheiten machen, ist mein Ehemann ...

MANN *(spricht weiter zur Badezimmertür)* Komm raus Antonia, ich bitte dich!

FRAU Ich bin gerade dabei, einen Pillencocktail zu schlucken: Dolviran, Mogadan, Gelonida, Vesparex, Luminal, Phanodorm und dazu 41 Optalidonzäpfchen ... kleingehackt ... alles oral!

MANN Antonia, sag doch was!

FRAU Mein Mann hat schon den Rettungswagen alarmiert ... sobald sie da sind, wird die Badezimmertür aufgebrochen.

MANN Gleich kommen die Krankenpfleger. Sie werden die Tür aufbrechen. Mein Gott, und das zum dritten Mal in diesem Monat!

FRAU Wenn bloß das Magenauspumpen nicht wär, bei der Rettung ... das ist das Schlimmste! Mein Gott, dieser Schlauch in der Gurgel. Du selber bist tagelang wie verblödet. Zu Hause mustern sie dich mit verlegenen Blicken, halten Reden voll mit dämlichen, dunklen Andeutungen. Außerdem zwingen sie mich, zum Psychiater zu gehn, zum Seelendoktor, um mir den Rest zu geben. Was für ein Schwachkopf! Guckt mich zwei Stunden lang an, schweigend, die Pfeife im Mund, macht dann plötzlich den Mund auf, daß ich erschrecke, und sagt: »Sie müssen weinen, Signora, weinen Sie!«

MANN Sag was Antonia! Ich bitte dich. Oder laß wenigstens ein Röcheln hören. Dann weiß ich, wie weit du bist! Ich werde jetzt gehen! Du siehst mich nie wieder! *(kniet hin und späht durchs Schlüsselloch).*

FRAU Es ist wahr, ich will nicht zum ersten Mal sterben.

MANN Antonia, die nicht! Nicht die gelben Tabletten, die sind für mein Asthma!

FRAU Einmal hab ich sogar versucht, aus dem Fenster zu springen, aber mein Mann hat mich im Flug gepackt ... *(Läuft zum Fenster und steigt auf das Fensterbrett. Der Mann packt sie am Fuß. Helles Licht.)*

MANN Komm da runter, ich bitte dich. Du hast ja recht, ich bin ein blöder Hund. Ich schwöre dir, es ist das letzte Mal, daß ich dich in so eine Situation bringe ...

FRAU Laß mich ... wenn du wüßtest, wie egal du mir bist ... Was glaubst du ... du interessierst mich einen Dreck, du mit deinen Liebesgeschichten ... mit deinen blöden Weibern!

MANN Soll das heißen, intelligent wären sie dir lieber? Hör zu, steig runter, komm zurück auf den Teppich und laß uns reden!

FRAU Nein! Ich bringe mich um! Ich springe!

MANN Nein!

FRAU Doch!

MANN Eher brech ich dir den Fuß!

FRAU Laß mich los!

MANN Ich habe dich gewarnt!

(Die Frau schreit auf. Sie steigt vom Fensterbrett. Der Mann reicht ihr eine Krücke. Zum Publikum:)

FRAU Er hat mir tatsächlich den Knöchel gebrochen, der Drecksack. Einen ganzen Monat hatt ich das Bein in Gips ... ich lebte zwar, aber eingegipst. Und alle haben gefragt: Sag mal, hast du dir den Knöchel beim Skifahren gebrochen? Hatte ich eine Wut!

(Hinkt weg und stellt die Krücke ab. Holt eine Pistole aus der Tischschublade)

Ein andermal hab ich versucht, mich selbst zu erschießen ...

MANN Oh Scheiße, hör auf! Willst du mich in den Knast bringen? Ich hab doch keinen Waffenschein!

FRAU *(spricht zum Publikum hin, als sei sie am Bühnengeschehen nicht beteiligt)* Ich hatte immer aus dem gleichen Grund Lust zu sterben. Weil er mich nicht mehr begehrt hat ... mich nicht mehr geliebt hat ... und jedes Mal, wenn ich wieder eine neue Beziehung von meinem Mann entdeckt hatte, ging die Tragödie los.

MANN *(versucht, ihr die Waffe abzunehmen)* Kapier doch endlich, diese Weibergeschichten spielen sich lediglich auf der sexuellen Ebene ab, und sonst nirgends.

FRAU *(außer sich)* Ja, und mit mir spielt sich noch nicht mal mehr auf der sexuellen Ebene was ab!

MANN Weil das mit dir ganz was anderes ist. Vor dir habe ich nämlich eine große Achtung!

FRAU Darauf hab ich gewartet. Die Achtung! Was ist das Wichtigste zwischen einem Mann und einer Frau? Die Achtung, oder? Ach, leck mich doch am Arsch!

MANN Oouh!

FRAU *(zum Publikum)* Stimmt, in solchen Situationen bin ich richtig vulgär geworden ... wenn er, mein Ehemann, mit solchen Banalitäten ankam, dann bin ich ausgerastet. Nein, so konnte es nicht weitergehen. Geschlafen hat er mit mir schon ewig nicht mehr ...

MANN Eins verstehe ich nicht. Wie du Geschmack daran finden kannst, alles auszuposaunen ... *(lehnt sich aufs Fensterbrett)*

FRAU Das ärgert dich, was? *(zum Publikum)* Anfangs

dachte ich, er sei krank, oder erschöpft ... *(will vor dem Fenster vorbeigehn. Der Mann, der durch das Fenster schaut, hält sie fest)*

MANN Achtung! Du fällst ins Nichts!

FRAU Warum denn? Ich steh auf der Rampe!

MANN Weil da vorne das Bühnenbild endet!

FRAU Ich spiele aber nicht in der Gegenwart, sondern in der Fiktion, in der Vergangenheit, ich erzähle, also trete ich aus meiner Rolle und genauso aus dem Bühnenbild. *(wieder zum Publikum)* Wie gesagt, ich dachte, er wird erschöpft sein ... bis ich entdeckte, daß dieser Schuft ein ungemein intensives Sexualleben hatte ... natürlich mit anderen Frauen! Und als ich ihn bat zu erzählen, was passiert war ... *(direkt an den Ehemann gewandt)* »Warum begehrst du mich denn nicht mehr, warum schläfst du nicht mehr mit mir?« ... da ist er ausgewichen.

MANN Ich und ausgewichen?

FRAU Ja, du. Einmal hast du sogar versucht, die Schuld auf die Politik zu schieben.

MANN *(setzt sich aufs Fensterbrett und baumelt mit den Beinen)*
Ich?

FRAU Paß auf, du fällst runter!

MANN Ich spiele doch nur, in der Vergangenheit ...

FRAU Nein, du nicht. Du befindest dich im vierten Stock, und wenn du runterfällst, bist du Matsch. *(Der Mann geht in die Wohnung zurück). (Zum Publikum)* Ich sagte, er hat versucht, die Schuld auf die Politik zu schieben. Auf die allgemeine Entpolitisierung, den Rückzug ins Privatleben ... »So begreife doch, in der aktuellen politischen Situation ist mir nicht nach Liebe zumute ... denk doch mal an die Gewerkschaft ... an die Lohn- und Preisspirale ...«

MANN Was denn. Der Rückzug ins Private ist eine Tatsache, die habe ich doch nicht erfunden. Er existiert real. Oder willst du leugnen, daß wir alle ganz schön frustriert waren, als sich herausstellte, daß unser Kampf gescheitert war ... und unter unsern Füßen das Nichts! Sag doch selbst, wo du hinsiehst, nur Desinteresse, nichts als Zynismus!

FRAU Bravo! Der eine ist von der Politik enttäuscht, läßt Familie und Kinder sausen und wird zum fanatischen Ökobauer, der nächste schließt sein Büro und eröffnet ein makrobiotisches Restaurant, der dritte läßt seine Frau sitzen und schafft sich ein Heimbordell für den Eigenbedarf an! Und an allem ist die Politik schuld!

MANN Ich gebe ja zu, das ist ein idiotisches Ausweichmanöver, wenn man andauernd Weiber aufreißt ... Und ich schwöre, bei dir ist das anders! Du bist die einzige Frau, auf die ich nie verzichten könnte. *(Er nähert sich Antonia)* Du bist mir die Liebste auf der Welt... meine sichere Zuflucht ... *(umarmt sie)* wie meine eigene Mutter!

FRAU *(stößt einen Schrei aus)* Mutter! Ich bin die Mutti! Das hab ich geahnt. Du hast mich also befördert? Danke! Die Behandlung von Ehefrauen ist vergleichbar mit der von Beamten. Einen Beamten, der nicht mehr gebraucht wird, den befördert man ... er wird zum Vorsitzenden von irgendeinem überflüssigen Verein gewählt. Also was machst du? Du ernennst mich zur Mutter ehrenhalber! Darauf verzichte ich. Ich möchte lieber degradiert werden, zur Zufallsgeliebten! Lieber will ich aufs Bett geworfen und begehrt werden. Ich scheiß drauf, deine warme Höhle zu sein ... dein mütterlicher Busen! Die Mutti!

Merkst du gar nicht, wie grob und gemein das ist? Wie du mich demütigst? Bin ich vielleicht eine alte Schachtel, die man ins Klo schmeißt!? Ich sage dir, es gibt bestimmt Männer, die mir gefallen. Ich finde schon einen ... *(er kichert hämisch)* ... Du brauchst gar nicht so selbstsicher dastehn und grinsen, du Idiot! Warte! Das zahl ich dir heim. Ich werde einen Puff aufmachen ... *(Reaktion des Ehemannes)* ... direkt vor deiner Firma, auf dem Bürgersteig auf- und abgehen, mit einem Schild: »Frisch und duftend! Sonderangebot! Die Frau von Buchhalter Wettlaufer. Extra Rabatt für Kriegsbeschädigte, AOK-Mitglieder sowie Mitglieder der DGB-Kulturgruppe!«

MANN Das ist typisch. Wenn ich endlich versuche, ehrlich zu sein, wenn ich betroffen bin, meine Gefühle zeige, dann machst du mich schlecht. Ich bemühe mich, ganz offen mit dir zu reden und du ...

FRAU Dann rede doch endlich! Rede, erklär mir, was passiert ist! Sag doch, was deine Sucht nach Bettgeschichten bedeutet ... immer nur Betten ... wo es so eine Menge andere Möbelstücke gibt! *(während sie spricht, versucht er, ihr die Pistole wegzunehmen)* Und laß den Revolver los ... ich schwöre dir, ich erschieße mich nicht!

MANN Ehrenwort?

FRAU Ehrenwort, ich hab's mir überlegt. Ich hab keine Lust mehr. *(Der Mann läßt sie los.)* Ich habe beschlossen, du wirst erschossen. *(Sie zielt auf den Ehemann)*

MANN Mach keine dummen Witze!

FRAU Es ist mein Ernst, ja ... *(sie schießt in Richtung des Mannes)*

MANN Bist du verrückt? Du hast abgedrückt! Mich beinah getroffen! Ich denke, wir spielen Theater?! Hab ich denn niemals das Recht auf Fiktion?!

FRAU Still! Hände hoch, Gesicht zur Wand ... keine Bewegung! Sowie ich ihnen die Geschichte erzählt habe, bring ich dich um. *(Sie wendet sich an die Zuschauer und richtet die Pistole weiter auf den Mann).* Eines schönen Tages ist mein Mann zum Gegenangriff übergegangen.

MANN Was hast du denn getan, um zu verhindern, daß wir im täglichen Einheitsbrei ersticken? Und als ich endlich reagierte und außerhalb der Familie Abwechslung gesucht habe, Gefühle, Leidenschaft, neue Erlebnisse ... da hast du keinen Versuch unternommen, mich zu verstehen ...

FRAU Neue Erlebnisse? *(zum Publikum)* Stellt euch vor, eines Morgens, ich bin zu Hause, frisch und duftend, bereit, wie man so schön sagt ... Da entdecke ich ihn im Bad, und er onaniert, wie ein kleiner Junge ... der Spätentwickler! War das etwa so eine deiner neuen Leidenschaften?

MANN Blöde Kuh du ... es macht dir Vergnügen, mich fertig zu machen?! Na gut ... ich brauche eben ab und zu intime Erlebnisse. Das ist gesund, und es erleichtert ...

besonders, wenn ich verkrampft oder depressiv bin. Wirkt ganz ähnlich wie ein Besuch in der Sauna! ...

FRAU Eine Sauna für dein Dings, für deinen ... zwing mich nicht, ordinär zu werden!

MANN Halt dich zurück. Hier sitzt schließlich ein Haufen Männer, die ...

FRAU *(bedroht ihn mit der Pistole)* Ruhe! Hände hoch oder ich schieße ... *(zielt auf das Geschlecht des Mannes)* und ich weiß wohin! *(zum Publikum)* Wo war ich? Also eines Tages ist mein Mann zum Gegenangriff übergegangen. Was dabei herauskam? »Wir zwei müssen öfter miteinander reden ... unsere Beziehung ist nur zu retten mit einer neuen Einstellung, einem neuen Bewußtsein.« Dann kam er auf die Heuchelei unserer bürgerlichen Umgangsformen zu sprechen ... unsere verlogenen Moralvorstellungen ...

MANN Genau! Das mit der ehelichen Treue ist ein alter Zopf. Ein menschenunwürdiges Postulat! Die Idee von der geschlossenen Zweierbeziehung in der Familie dient doch in Wahrheit bloß dazu, ihre enormen ökonomischen Vorteile zu verteidigen, also das Patriarchat! Ach was, du willst einfach nicht einsehen, daß es für mich unproblematisch ist, wenn ich mit einer anderen Frau eine Beziehung habe, und gleichzeitig ein freundschaftliches Verhältnis mit dir ... und für dich Liebe fühle, Zärtlichkeit ... und vor allem Achtung!

FRAU Donnerwetter. Ist das alles auf deinem Mist gewachsen ... oder hast du an einem Veteranentreffen teilgenommen? Ich verstehe. Ehebruch? Das ist passé. Sich Hörner aufsetzen ist aus der Mode ... Jetzt heißt es aufgeschlossen sein, offen ... das ist angesagt. Revolution! Demokratie heißt, den Partner wechseln! Mit mir nicht, mein Lieber. Ich seh mich schon ... Die Türklingel geht, ich geh aufmachen: »Oh, mein Ehemann! Und wer ist das reizende Mädchen? – Darf ich vorstellen, das ist meine Frau, dies ist meine Verlobte. – Wie reizend. Hübsch siehst du aus! Und sag mal, in welche Klasse gehst du? Also macht's euch bequem. Euer Abendessen ist fertig. Ich hoffe, unsere Wohnung gefällt dir? Hier, das ist euer Schlafzimmer, eigentlich ist es unseres ... ihr könnt es gern haben ... ich schlafe im Kinderzimmer, auf der Couch. Ob ihr quietscht und stöhnt ... ihr braucht keine Rücksicht zu nehmen ... ich stecke mir Wachs in die Ohren ... Ohropax! Es ist schließlich eure erste Nacht »in Familie«, nicht wahr?« *(zum Ehemann)* So hättest Du's wohl gern? Nein, ohne mich! Diese offene Zweierbeziehung ist eine Falle! Damit sind schon genug Leute auf die Schnauze gefallen!

MANN Das ist mir egal! Gerade weil die andern damit scheitern und auf die Schnauze fallen, müssen wir uns da reinknien, sie neu erfinden, uns zuliebe!

FRAU Die Offene Zweierbeziehung wieder zum Leben erwecken? Da ist die Tür! Raus! *(zum Publikum)* Aber schließlich hat er mich überzeugt. Wenn wir unsere Ehe, unsere Freundschaft, unser Privatleben retten wollten, dann mußten wir unsere Bettprobleme öffentlich machen. *(Sie setzt sich aufs Fensterbrett und legt die Pistole neben sich.)* Dann gab es nur noch eine Schwierigkeit: unsere Kinder. Die verstehen das schon, meinte er. Und siehe da, ausgerechnet mein eigener Sohn Robert hat mich ermutigt ... daß ich es versuchen muß. *(wenn die Frau den Sohn zitiert, imitiert sie die Haltung der Jugendlichen. Ansonsten mimt sie die unerfahrene Mutter.)*

»Jetzt hör mal zu, Mamma ... so geht es nicht weiter mit Papa und dir. Ihr bringt euch ja noch um gegenseitig! Ihr müßt mal was Neues erfinden! Zuerst mußt du endlich aufhören, bloß ein Anhängsel von Papa zu sein. Werd autonom! Papa geht weiter zu seinen Frauen, und du, du suchst dir ... nicht aus Rache, sondern weil das gerecht ist, das steht jedem zu, und gesund ist es außerdem ... du suchst dir halt einen andern!«

»Oh Junge, Roberto, was redest du da?«

»Ach Mama, hör doch auf! Du findest schon einen. Einen sympathischen, womöglich jünger als Papa, vielleicht sogar einen Genossen, aber bitte keinen Sozi, damit der dich nicht auch noch bekämpft.«

»Aber Robert, wie redest du mit deiner Mutter? Sieh mich doch an, ich bin ganz durcheinander, ich schwitze vielleicht ... ich als Frau in meinem Alter kann doch

nicht durch die Gegend laufen und Männer anmachen!« Und er: »Ach was, es reicht schon, wenn du dich darauf einläßt, nicht so verkrampft bist ... leb dein eigenes Leben! Mama! Versuch es doch wenigstens!«
Bei dem Ordnungsruf »Mama« hab ich gehorcht ... und es versucht. *(Sie verläßt das Fensterbrett und geht Richtung Bad.)* Als erstes hab ich meine gesamte Ehegarderobe, inklusive Bettwäsche, auf den Müll geworfen. Weg damit! Anschließend rannte ich in den Kaufhof ... *(sie kommt wieder mit anderen Sachen, zieht sich um.)* um mich neu einzukleiden ... kaufte mir Pumphosen, und Schlabberröcke ...

MANN Auf deutsch, du hast jeden modischen Schwachsinn mitgemacht ...

FRAU Na klar. Für meinen Mann ist nämlich die Art, wie sich unsere Familienministerin kleidet, das Maximum an Eleganz.*
Die Frau Süssmuth ist zwar sehr elegant, mein Schatz, aber sie ist nicht auf Bräutigamsuche, wie ich!
Also ich hab andere Sachen angezogen, dann mein Makeup verändert. Das Make-up ganz in Lila, ich sah aus ... schrecklich. Und erst die Haare! Eine verrückte Frisur, total auf Punk. Meine Haare standen zu Berge, ich sah aus wie eine Kugelschreiberreklame! Außerdem mußte ich eine neue Art zu gehen einüben. Ihr hättet mich sehen sollen, wie ich daherschlich ... Ihr wißt ja selber, wie reduziert man ist, wenn der Mann eine(n) betrügt ... wenn dich dein Schatz nicht mehr haben will ... traurig, traurig ... mein Gott, wie wir häßlich werden! Wir weinen ... und kriegen sogar einen Buckel! Stellt euch mal vor, ich lief umher und hatte total vergessen, daß ich Hüften besitze. Er hatte mich zwar verlassen, das stimmt, aber die Hüften besaß ich doch noch, oder? Also ich war stocksteif, lief ohne ein Minimum an

*Im Original heißt es: »die Art, wie Nilde Jotti sich kleidet«. Nilde (Leonide) Jotti, seit 40 Jahren Mitglied der KPI; wurde 1946 in die »Verfassunggebende Versammlung« gewählt; organisierte die UDI (Frauenunion der Partei). Bis zum Tod des (verheirateten) Palmiro Togliatti (1964) dessen Lebensgefährtin. Seit 1979 Präsidentin der Abgeordnetenkammer.

Schwung, wie ein Stockfisch! So, als ob ich im nächsten Augenblick hinfalle ... *(sie demonstriert diesen Gang)* wie ein rheumakrankes Kamel! Starrte andauernd auf die Erde, wahrscheinlich auf der Suche nach einem Glückspfennig ... und was fand ich? Hundekacke. War das eine trostlose Zeit! Aber dann ... Ihr werdet's nicht glauben, kaum strengte ich mich ein bißchen an und machte die Augen auf ... wagte ein Lächeln der Sympathie, einen Flirt ... schon hatte ich Erfolg. Einen Erfolg hatte ich! Der machte mich direkt mutlos. Wie jung die alle waren! Ich ließ die Arme hängen und fiel wieder in Krise. Viel, viel jünger als ich! Ob die in mir eine zweite Mutter suchten? Eine Ödipusbeziehung? Weg, nichts wie weg! Einmal bin ich darauf reingefallen. Er war ein Kumpel von meinem Sohn ... wie schön der war, unglaublich, mit seinem Blauauge ... nein, sogar zwei blaue Augen hatte er! Und Zähne ... einhundertvierzehn Zähne! Er war schrecklich verliebt in mich, weinte, rief mich andauernd an ... wenn ich den Hörer abnahm: Ein Geseufze und Geschluchze, mein Gott. Und das mir, als Mutter! Bis ich eines Tages sagte: Hör auf zu weinen, mein Guter, ich komme. Und mich mit ihm traf. Ganz weit draußen, am Stadtrand. Eine Angst hatte ich, daß Einer mich sieht ... zuerst wollte ich mir einen Schnurrbart ankleben: Endlich komme ich an ... nach 4 Stunden Straßenbahnfahren und dreimal umsteigen ... wahnsinnig aufgeregt, mit einem Herzklopfen ... PUM PUM. Wir setzen uns. Dann kommt der Kellner und fragt: »Was darf's sein, gnädige Frau, und für Ihren Herrn Sohn?« Warum wird eigentlich immer ein Verwandtschaftsverhältnis konstruiert?! Das haut mich um. »Für mich bitte ein doppelter Fernet, für ihn eine Fanta, aber mit Strohhalm.«
Nun gut. Schließlich gibt es auch noch Männer in meinem Alter! Aber ich hatte ein Pech ... ich weiß nicht. Auf Typen bin ich gestoßen, ich kann euch flüstern ... traurige Gestalten! Geschlagene, völlig verbitterte Figuren, verraten und verkauft von der Ehefrau, der Geliebten, von Kindern und Neffen ... sogar von ihrem Lebensmittelhändler!

MANN Auf deutsch, ein wahres Vergnügen!

FRAU Mein Mann hingegen ist förmlich aufgeblüht, nachdem er mein O. k. hatte. »Gehe hin, du offener Zweier, und liebe in Frieden.« Ihr hättet ihn sehen sollen!

MANN Das war die Wirkung der offenen Zweierbeziehung! Endlich war ich mein Schuldbewußtsein los! Endlich war ich ein freier Mensch!

FRAU Ein Freier! Er ging nicht, er flog förmlich durch die Gegend ... schaffte sich einen neuen Wagen an, einen roten Sportwagen. Mit offenem Verdeck. Und während bei ihm ein Abenteuer das nächste jagte, fiel ich immer mehr in Paranoia ... er erzählte mir alles!

MANN Also bitte. Du hast selber verlangt, daß ich dir alles erzählen soll.

FRAU Jaja, ich weiß, ich bin eine Masochistin. In jener Zeit hatte er eine Beziehung mit einem Mädchen so um die dreißig. Diese Frau war unheimlich intelligent und ganz ohne Vorurteile ... kurz, eine Linksintellektuelle. Habt ihr begriffen?

MANN Das stimmt. Es war eine Intellektuelle. Und warum dieser abfällige Ton?

FRAU Wieso abfällig? Im Gegenteil! Ich fühlte mich sehr geehrt, eine Intellektuelle in meiner Wohnung zu haben. Bloß einmal war es ziemlich anstrengend mit ihr. Sie flog nach New York, für 8 Tage, hin und zurück, und als sie zurückkam ... da hatte sie total ihr Deutsch verlernt! War das ein Umstand! »Sorry, ich mochte ain cofi ... eine Tasse Kaffee willst du? Oh yes, das is der point!« – »Sie fasziniert mich eben«, sagte er, »sie ist nicht gerade eine Schönheit, aber sie wirkt sehr faszinierend auf mich, verstehst du?« Und ich verstand nicht. »Sie zieht mich unheimlich an, in erster Linie sexuell, allein wie sie dasitzt ...« Bei der sprühte die Sexualität aus den Ohren, oder was weiß ich ...

MANN Das ist gemein! Du verletzt mich absichtlich!

FRAU Und im Gegensatz zu mir liebte sie ihn ganz ohne Besitzanspruch. Ihr blieb gar nichts anderes übrig, denn sie hatte schon eine feste Beziehung mit einem Mann, welcher seinerseits ein Verhältnis mit einer anderen Frau hatte, die mit einem Menschen verheiratet war, der wiederum ... kurz, das war ein Ringelpiez von offenen Zweiern, immer im Kreis herum. Eine Arbeit war das! Sie brauchten einen Computer: Montags trifft Antonio Luise, Dienstags trifft die Luise den Michael ... Zur gleichen Zeit hatte er auch eine Affaire mit einem ganz niedlichen Mädchen. Er war außer Haus ungeheuer aktiv, kam nur noch zum Essen nach Hause. Die war ein großes Schleckermäulchen, lutschte andauernd Eis, lief immer mit einem Cornetto herum, auch im Winter. Sie ging noch zur Schule, und er half ihr bei den Schulaufgaben.

MANN Du sagst es, das war doch nichts Ernstes. Ich spielte mit ihr.

FRAU Ich weiß, reizende Spielchen ... Sie spielten unter dem Bettlaken verstecken. Er sagte zu mir:

MANN Ich mag sie, weil sie so komische Macken hat ... so unberechenbar ist, so trotzig. Mal lacht sie, dann weint sie ... oder spuckt ganze Eisbecher auf einmal aus ... bei ihr kann ich mich fühlen, wie ein kleiner Junge ... und gleichzeitig wie ihr Vater!

FRAU Ein Vaterjunge.

MANN Wie witzig.

FRAU »Paß auf, daß sie nicht schwanger wird«, hab ich gesagt. Und er: »Ich passe schon auf! Aber ich kann nicht andauernd hinter ihr her sein und kontrollieren, damit nichts passiert, wenn sie mit ihren Freunden zusammensteckt. Sie will das nicht.« Erzähle ich richtig?

MANN *(vergrätzt)* So ziemlich. Aber der Schluß war ein Tiefschlag!

FRAU *(zum Publikum)* Jetzt kommt erst der Knüller. Eines schönen Tages kommt mein Mann ganz verlegen an und sagt:

MANN Hör zu. Es geht um Frauensachen. Könntest du mit der Petra nicht mal ...

FRAU Petra hieß das Eishörnchen ...

MANN .. nicht mal zum Frauenarzt gehen, damit der ihr eine Spirale einsetzt. Du schaffst es bestimmt, sie zu überzeugen ... mit dir würde sie bestimmt hingehen ...

FRAU Na ja ... ich spiel für die kleine Petra die Mutti! Bring sie zum Gynäkologen und spreche: »Herr Doktor, sind

Sie so nett, dieser jungen Dame eine Spirale einzusetzen? Sie ist die Verlobte von meinem Mann.« Ob der Arzt genausoviel Humor hat wie wir? *(wechselt den Tonfall)* Ich sag dir, mein Lieber, vorher verpasse ich dir eine Spirale ... und zwar durch die Vorhaut! Dann machst du wie eine Windmühle Pipi!

MANN *(zum Publikum)* Sehen Sie! So hat sie reagiert! Aber das ist noch gar nichts ... *(zu der Frau)* erzähl ihnen doch, was du anschließend verbrochen hast!

FRAU Zugegeben, ich war nicht sehr geistreich! Also, ich griff zufällig nach einer Dose Tomaten ... eine Fünfkilodose ... die hab ich ihm auf den Kopf gekippt. Und ihm dann die leere Büchse übergestülpt ... bis zum Kinn ... er sah aus wie ein Ritter, der zu einem Turnier will, und für Knorr Kochstudio Reklame macht! Anschließend hab ich seine Verwirrung ausgenutzt, seine Hand ergriffen, und in den Toaster geschoben. *(Sie lacht, nimmt seine Hand und schiebt sie nach vorn. Der Mann wimmert.)*

MANN Man sieht noch die Streifen. *(zum Publikum)* Sah aus wie argentinisches Steak ... Eine ganze Woche lang mußte ich mit Salatblättern zwischen den Fingern rumlaufen, um nicht aufzufallen. Und beleidigt hat sie mich, angebrüllt ... eine ungeheuer demokratische offene Zweierbeziehung war das, nicht wahr?

FRAU Was hast du anders erwartet? *(zum Publikum)* Ich hatte ja schon einen Riesenschritt hin zur Freiheit, zur Zentrifugalkraft der Sexualität gemacht ... er jedoch verlangte, daß ich auch noch seiner kindlichen Geliebten beim Abnabeln behilflich war ... das ging zu weit! Ich weiß nicht, was in ihn gefahren war ... er war wie besessen. War ständig auf Brautsuche ... eine Frau nach der andern. Mit einer Geschwindigkeit ... Ich hab eine Umfrage gemacht, meine Freundinnen gefragt ... deren Ehemänner waren ebenfalls auf der Balz. Kaum sehen sie ein Hinterteil, da riskieren sie schon, von der Straßenbahn überfahren zu werden, vor lauter Geilheit! Als ob sie ein Virus befallen hätte: Der Erektokokkus! Auch mein Portier ist stets auf der Suche und obergeil. Meiner dagegen sucht nicht nur, er wird sogar fündig!

Kommt mir vor, wie so ein fanatischer Pilzsammler, der die Wälder nach Pilzen abgrast, und sie dann trocknet, auffädelt, einweckt, in Öl … bloß statt Pilzen … wie soll ich mich ausdrücken … sammelt er Pilzinnen, sucht Muschis, Möschen, Miezen, Mäuschen, Pussis. Ich war durchgedreht, sah schon zu Hause in jedem Winkel benutzte und abgelegte Mösen … blonde und dunkle … dicke und dünne … kluge und blöde … Eine Zwangsvorstellung war das. Überall! Im Bad greife ich, statt zur Seife, huch! in ein Möschen. Schlüpfe ich in die Schuhe: Eine Maus! Ach nein, nur ein Mäuschen. Ob ich sie pflege? Ich gieße sie regelmäßig … wie meine Rosen … die Frischhalteflüssigkeit stellt mir die Samenbank, bei der mein Mann Ehrenmitglied ist …

MANN Jetzt reicht's mir. Das halt ich nicht aus. Du willst doch nur deine drei oder vier Freundinnen, mit ihrem fanatischen Männerhaß … bei denen das Gehirn im Bauch sitzt … in Ekstase bringen! Weißt du, was du da treibst? Das ist Lynchjustiz!

FRAU Meinetwegen … ich liebe das Paradoxe … ich übertreibe ein bißchen.

MANN Was ist daran paradox? Hier stehe ich, als Obermacker … ein Chauvi, wie er im Buch steht … reduziert zum Mösensammler. Als klassischer, genital fixierter Priapus … ein total gefühlloses Wesen … nur ficki ficki! Aber was du vorhin wohl ganz bewußt verschwiegen hast ist, daß ich mich zum Beispiel mit den meisten von diesen Frauen bloß treffe, um mich zu unterhalten! Und zwar nicht unbedingt im Bett!

FRAU Was? Du hast doch selber gesagt, das wären alles nur Bettgeschichten, nur Sex!

MANN Logo: Wenn ich dir sagen würde, was da bei uns vor allem gefühlsmäßig abläuft, dann wirst du noch wütender! *(geht ab)*

FRAU Das ist wahr. Da sind wir Frauen wirklich irrational: Das mit dem Sex stört uns viel weniger, als wenn Gefühle im Spiel sind … Ich muß zugeben, mein Mann war sehr verständnisvoll, *(zieht ihren Rock an)* wenn ich ihm meine blödsinnigen moralischen Hemmungen schilderte. Wenn ich ihm erzählte, daß ich außerstande war, mit anderen Männern anzubändeln, dann bedrängte er mich, beschwor mich förmlich, wie ein echter Kumpel, wie ein wahrer Genosse.

MANN *(kommt zurück, beseelt)* Jetzt, wo du entdeckt hast, daß ich nicht der richtige Mann für dich bin, mußt du endlich die Konsequenz ziehen. Du mußt ein neues Leben anfangen. Ich bin sicher, du findest jemand ... du hast ihn dir verdient. Mein Gott, du bist eine so intelligente, großzügige, faszinierende, liebenswerte Frau ...

FRAU *(zum Publikum)* Das Wort zum Sonntag! *(zum Mann)* Laß mich in Ruhe! Ich kann nicht! Wenn du mich nicht mehr magst *(schluchzend)* es macht mir nichts aus ... wenn du mich nicht mehr haben willst ... ich bleibe am liebsten allein ... in meiner Wohnung ... alleine und glücklich ...

MANN *(zum Publikum)* Dann fing sie zu heulen an und wollte sich umbringen.

(Beleuchtungswechsel. Die Frau steigt aufs Fensterbrett. Sie hat die Pistole.)

Halt! Sei doch vernünftig!

(Er versucht, sie am Rock zu packen, und reißt ihr den Rock herunter.)

FRAU *(stößt einen Schrei aus)* Hilfe! Laß mich nicht ohne Rock sterben! Ich mache Schluß, ich kann nicht mehr! Ich will dir auch nie wieder Kummer machen ... es ist aus ... ich stürze mich runter ... und während ich falle, erschieße ich mich!

MANN Antonia, reiß dich zusammen! Versuch doch einmal, die Dinge mit etwas mehr Abstand zu sehen, und dich wie ein vernünftiger Mensch zu benehmen! *(Die Frau steigt vom Fensterbrett.)*

FRAU *(zum Publikum)* Eines Tages war es soweit. Antonia hat sich wie ein vernünftiger Mensch benommen. Ich bin umgezogen, in diese Wohnung, und hab mir Arbeit gesucht. Schluß mit diesem Leben als häusliche Märtyrerin! Raus und ins Leben gestürzt! Ich hab eine Arbeit gefunden ... Arbeit ist sehr wichtig. Da kommt man unter die Leute, verläßt frühmorgens das Haus und steigt in den Bus, lernt in der Straßenbahn jemand kennen ... Keinen. Ah, das ist Leben ... wenn du all diese verbitterten Menschen siehst ... dann fühlst du dich nicht so allein. Abends hängst du durch, aber wie. Jeden Abend vorm Fernseher. Am schlimmsten ist die Werbung: »Wie machen die Liiiebe sicher ... mit Lastex ...« und ich mutterseelenallein! Da fing ich an, abends wegzugehen. Machte beim nächsten Therapiezentrum mit, machte mich nützlich. Bis meinem Mann, der trotz all seiner Liebesaffairen nie aufgehört hatte, mich zu besuchen, endlich auffiel, daß ich von Mal zu Mal ruhiger, entspannter wirkte.

MANN Besonders rätselhaft fand ich, daß dich meine Abenteuer nicht mehr interessierten ...

FRAU *(zum Publikum)* Statt dessen fragte er mich pausenlos aus, ob ich vielleicht jemand kennengelernt hätte ...

MANN Und sie hat alles abgestritten!

FRAU *(zum Publikum)* Nicht nur das, ich bin ausgewichen, genau wie du. Es fiel mir schwer, dir zu sagen, Hör zu ... Ehemann bleibt Ehemann! ... bis ich mir einen Tages ein Herz faßte und gesagt habe *(zum Mann)* »Weißt du, mein Schatz, vielleicht hab ich endlich den Richtigen gefunden ...«

FRAU Sag bloß ... wer ist es?

FRAU Fragt er, und schlagartig stockt sein Atem, er ringt nach Luft!

MANN *(sauer)* Logisch, war ja ein Überraschungsangriff. Ich bekam sofort Magenschmerzen, mein Bauch blähte sich auf ...

FRAU *(zum Publikum)* Ich hab was Wichtiges vergessen. Mein Mann leidet nämlich an einer exotischen Krankheit. An nervöser Areophagie ... wenn er sich aufregt ... auch an unserem Hochzeitstag hatte ich Angst, daß er ... also wenn er aufgeregt ist, dann bläht sich sein Bauch auf und ... er fängt an zu knattern (sie macht das Geräusch nach) aber nur bei mir. Bei seinen Freundinnen ist er sehr melodiös ...

MANN *(beleidigt)* Eine Frage, mein Schatz. Warum demonstrierst du das nicht gleich in Stereo ... PRR PRR PRR ... Ich schwöre dir, im Grunde genommen habe ich mich zutiefst für dich gefreut.

FRAU So tief, daß ich nichts davon merkte!

MANN Meine erste Reaktion war, daß ich dich umarmt habe, das mußt du zugeben, und zwar sehr heftig!

FRAU Zu heftig sogar. Hättest mich beinah aus dem Fenster geworfen. Komm, wir spielen ihnen die Szene mal vor.

MANN Ich glaube, wir haben Rommée gespielt. Ich habe gemischt ... *(Beleuchtungswechsel. Sie setzen sich an den Tisch. Der Ehemann mischt nervös Karten.)*

FRAU Ich bin als Erste dran ... Ach weißt du Schatz, sagte ich, vielleicht hab ich endlich den Richtigen gefunden ...

MANN Das freut mich aber. Glaub mir, ich freue mich aufrichtig für dich ... *(läßt die Karten fallen)*

FRAU Erster Kartenfall.

MANN Du hast den Richtigen? Endlich! Wie heißt er, was macht er? *(sammelt die Karten auf)*

FRAU Da kommst du nie drauf. Als erstes, er ist nicht aus unserem Bekanntenkreis ...

MANN Ist er nicht? Wie günstig.

FRAU Und zweitens Professor, für Physik.

MANN *(verächtlich)* Also ein Lehrer. Na ja, oft trügt der Schein.

FRAU Vorsicht, mein Guter. Er hat einen Lehrstuhl an der Uni in Pisa ...

MANN Eijeijei, ein Privatdozent!

FRAU Und außerdem arbeitet er bei Euratom, in der Forschungsabteilung für Nuklearenergie.

MANN Soso, nuklear ... *(läßt die Karten fallen)*

FRAU Zweiter Kartenfall!

MANN Hochinteressant! Dann hat er dir bestimmt klargemacht, wie sicher und vorteilhaft unsere Atomkraftwerke sind! Wetten, er hat dich davon überzeugt, daß Pozzuoli ganz hervorragend geeignet ist als Standort für ein neues AKW?! *(lacht)*

FRAU Ist das komisch! Nein mein Guter, ich muß dich enttäuschen. Er ist überzeugter Gegner unserer Atompolitik. Unsere Planungsentwürfe seien total veraltet, sagt er, sie basieren auf untauglichem amerikanischem Material, die Strahlungsgrenze wird überschritten. Aber die größte Gefahr seien unsere Politiker, diese Lumpen, die sich bestechen lassen ... am allergefährlichsten sei ihre Dummheit!

MANN Oh ... ist er ein Bruder von Petra Kelly?*

FRAU Neulich hat mir einer seiner Kollegen gesagt, wenn er in der Forschungsabteilung nicht so unentbehrlich wäre, dann hätte man ihn aus politischen Gründen längst gefeuert!

MANN Unentbehrlich ist er? Also ein Superhirn!

FRAU So ist es. Dabei führt er sich nie auf, als sei er Gottvater.

MANN Dann kann er nicht Petra Kellys Bruder sein. Ausgeschlossen.

FRAU Ein Mann, der so sensibel wie intelligent ist. Der gibt Sätze von sich, die könnte man glatt in Marmor meißeln ... Wenn er so einen Satz sagt, dann dreht er sich um, ich hole meinen Notizblock raus und schreibe Wort für Wort mit. Vorgestern hat er gesagt: »Das niedrigste geistige Niveau haben zweifellos die Politiker, aber das zweitniedrigste haben wir Wissenschaftler. Gemeinsam haben wir deshalb Hiroshima auf dem Gewissen!«

MANN Herrjeh, wie scharfsinnig!

FRAU Ja, er ist hinreißend ... geistreich, intelligent, politisch aktiv ... richtig nuklear – kernig! Mit ihm vergeht die Zeit wie im Flug. Außerdem hab ich erfahren, daß er für den Nobelpreis vorgeschlagen wurde. *(wirft ihre Karten hin)* Rommée!

MANN Der Liebhaber meiner Frau ist potentieller Nobelpreisträger ... zuviel der Ehre! Wie schön, ein Genie in der Familie zu haben!

FRAU Ja, aber neulich hast du das nicht so locker hingekriegt ... da hast du den Mund schief gezogen bei »zuviel der Ehre«!

MANN Entschuldige die indiskrete Frage: Wart ihr zwei schon, ich meine ... habt ihr schon miteinander geschlafen?

*Im Original: »der Bruder von Marco Pannella«. Marco P. ist der »Vater« der Radikalen Partei (PRI). Eine der schillerndsten Persönlichkeiten der italienischen Politik.

FRAU *(zum Publikum)* Und als mein sonst so vorurteilsfreier Ehemann, der offene Zweier, diese Frage formulierte, rang er mal wieder nach Luft ... *(deutet Maulpfürze an)*

MANN Solche Details sind völlig uninteressant! Beantworte meine Frage, los!

FRAU Wie gern würde ich mit ja antworten, aber leider ... nein.

MANN *(befriedigt)* Keine Liebe? Es klappt nicht? Was ist los?

FRAU Ach, gar nichts. Ich hab sogar große Lust ... aber ich kann noch nicht. Bin ein bißchen blockiert. Aber er war phantastisch, hat sofort begriffen ...

MANN Mach schon! Was hat er begriffen?

FRAU Daß ich damit Probleme hatte! Er hat mich beruhigt und gesagt: Eurenia ...

MANN Du heißt doch Antonia?!

FRAU Aber er sagt »Eurenia« zu mir. Das ist ein wichtiges Elementarteilchen des Plutoniums. Er ist Physiker ... soll er vielleicht »Schatz« zu mir sagen, wie ein Klempner?

MANN Klempner?

FRAU Eurenia, hat er gesagt, was zwischen uns beiden abläuft, ist unheimlich wichtig ... das darf nicht so huschhusch gehen ... wir müssen uns Zeit nehmen füreinander ... einen langen Atem haben ... Du hast recht, hab ich geantwortet. Falls wir gleich miteinander schlafen, läuft es bloß auf einmal vögeln hinaus, und Schluß ... wie mir das schon mal passiert ist. Das hat mich so umgehauen, hinterher hab ich mich gefühlt wie ein Putzlumpen ...

MANN *(aggressiv)* Wann war denn das, mit dem »vögeln« und »Putzlumpen«?! Davon weiß ich ja noch gar nichts!

FRAU Das war ein Ausrutscher, sonst nichts. Nur Sex, das lief rein auf der sexuellen Ebene ...

MANN Nimmst du mich auf den Arm? Den gleichen Quatsch hab ich vorhin erzählt.

FRAU Ich meine das ernst! Du kennst mich doch. Wenn keine Liebe dabei ist, fühl ich mich hinterher völlig leer ... bin traurig.

MANN *(flehend)* Antonia, sag doch, wer war das, der mit dem hinterher traurig leer!

FRAU Geht dich nichts an.

MANN Es interessiert mich aber! Ich erzähle dir auch alles ganz haargenau!

FRAU Aber ich nicht. Da bin ich zurückhaltend. Es fiel mir schon schwer genug, mit dem Professor darüber zu reden.

MANN So, dem hast du davon erzählt?!

FRAU Natürlich. Ich finde es richtig, ihm nichts zu verheimlichen. Er soll wissen, was ich für ein Mensch bin.

MANN Aha. Mir gegenüber brauchst du ja nur zu zeigen, wie du nicht bist. *(besorgt)* Ich fürchte, mit dem Atommenschen ist es dir wirklich ernst ...

FRAU Ich glaub schon. Warum? Wäre es besser, du könntest dich totlachen?

MANN *(ruhig)* Was soll's. Ich hab dir schließlich dazu geraten, dir sogar Ratschläge gegeben. Du weißt ja, ich kann ein sehr umgänglicher, einfühlsamer, demokratischer Mensch sein. *(Er verliert die Kontrolle; stößt einen Schrei aus)* Bin ich ein Arschloch! Da ... mir läuft der Schweiß runter ... so ein mieses Gefühl ... ich bin wirklich ein typischer Männerarsch!

FRAU *(zum Publikum)* Es muß einmal gesagt werden: Die offene Zweierbeziehung hat ihre Nachteile! Die Hauptregel heißt: Soll die offene Zweierbeziehung funktionieren, dann darf sie nur nach einer Seite geöffnet sein: Nach der Seite des Mannes! *(triumphierend)* Denn falls die Beziehung nach beiden Seiten geöffnet wird, entsteht Durchzug! *(lacht sich tot)*

MANN Du sagst es. Solang ich dich antreibe, bin ich zufrieden. Ich kann dich benutzen, verschmähen, ich werfe dich weg, je nach Laune ... aber wehe, es kommt einer und wagt es, dich aufzulesen! Falls irgend so ein Mistkerl merkt, daß deine Frau immer noch faszinierend ist, obgleich du sie sitzengelassen hast, wenn er sie schätzt und begehrt, dann raufst du dir die Haare und rastest aus! Zu allem Überfluß entdeckst du dann noch, dieser elende Lumpensammler ist intelligenter als du, mehrfacher Doktor, recht witzig, basisdemokratisch ...

FRAU Mach dich nicht schlechter, als du bist.

MANN Herrjeh! Fehlt nur noch, daß er Gitarre spielt und Rocksänger ist!

FRAU Du kennst ihn?!

MANN Wen soll ich kennen?

FRAU Aldo, meinen Professor. Gib zu, du hast mir nachspioniert!

MANN Wer? Nein!

FRAU Und woher weißt du, daß er Gitarre spielt und Rock singt?

MANN *(verblüfft)* Im Ernst? Das macht er?

FRAU Wer hat dir das erzählt?

MANN Niemand! Hab rein zufällig gesagt, wetten, der Atommensch macht auch noch Musik! Verdammter Mist: Ein singender Atommann ... Und ich bin verstimmt! Wie dem auch sei. Wenn ein Superhirn in seinem Alter beginnt, sich wie Lou Reed aufzuführen ... *(lacht)*

FRAU In seinem Alter? Ich weiß nicht. Wo er erst 38 ist, sieben Jahre jünger als du ... und auch weniger wiegt. Ein Epigone ist er auch nicht, hat einen ganz eigenen Stil ... Der spielt Klavier, wie ein Engel, und Posaune ... und amerikanischen Slang macht er nach ... *(sie singt à la Armstrong)*

MANN Moment mal. Er imitiert Slang ... hat einen Lehrstuhl ... ist Leiter der Euratom? Wetten, er ist ein entfernter Verwandter von Daniel Düsentrieb?

FRAU Und er komponiert!

MANN Das lag mir auf der Zunge! Vermutlich komponiert er auch noch!

FRAU Ja, er schreibt Text und Musik, hat mit einigen Songs einen Riesenerfolg gehabt ... den kennst du bestimmt: *(singt)* »Eine Frau ohne Mann ist wie ein Fisch ohne Fahrrad«, was die Nanini singt ...

MANN Das stammt von dem?! Der schreibt Feministenlieder? Also ich finde feministische Männer beschissen! Besonders mit achtunddreißig Jahren!

FRAU Also weißt du! Das ist doch ironisch gemeint, dieser Song nimmt doch eher einen gewissen modischen Feminismus auf die Schippe. *(verlegen)* Hör mal, auch wenn ich mich ein bißchen schäme deswegen, er hat mir ein Lied gewidmet. Aber weil du mein bester Freund bist, darfst du es hören, ja?

MANN Nicht nötig. Schäm dich ruhig weiter.

FRAU Du hast wirklich Stil. Es wäre mir sehr peinlich gewesen, meinem Mann ein Lied vorzusingen, das mein neuer Freund für mich geschrieben hat. Hör zu *(sie will singen)* ach warte, ich hab's auf Kassette ... *(stellt den Recorder an und tanzt zur Musik. Das Lied wird von Dario Fo gesungen)*

»Du warst schon in der Leitung
ich hatte kaum gewählt
die Nummer die vor lauter
Liebesschmerz mich quält
Du warst schon an der Strippe
du Nummer meiner Sucht
Ich habe dich gewählt
blitzschnell hast du gebucht
wie eine Leitungsstörung
und hast mich kurzgeschlossen
ich bin in dich verschossen – o yeah!«

MANN Schön! Als wär's von Dario Fo. Klingt allerdings weniger nach Atomphysik, sondern eher, als hätte es ein Techniker von der Bundespost geschrieben.

FRAU *(erfreut)* Richtig, wegen der Telefonleitung. Das erzähl ich ihm, sowie ich ihn sehe!

MANN Du siehst ihn? Wann?

FRAU Bald, zum Frühstück.

MANN Ach, schon gemeinsames Frühstück? *(kaut an den Nägeln)*

FRAU Ja, wir wollen das Weekend zusammen verbringen. Entschuldige, ich muß mich umziehen ...

MANN Sag mal, wenn die Geschichte so ernst ist, wenn ihr so gut zueinander paßt, worauf wartest du noch? Warum ziehst du nicht zu ihm?

FRAU Nein, mein Lieber, diese Dummheit mach ich nie wieder. Mit einem Mann eine feste Beziehung eingehen ...

MANN Ach ja? Und angenommen, ich würde dir das vorschlagen? Dann auch nicht?

FRAU Nie wieder. Dafür hab ich zu lange gelitten, mein Lieber. Sag mal, warum bist du so nervös? Seit einer Stunde knabberst du an den Nägeln, bald ist die Kuppe ab ... Trink mal ein Schnäpschen, zur Entspannung ... *(geht ins Bad)*

MANN So ne Schnapsidee ... ekelhaft!

FRAU Schmeckt's nicht?

MANN Nicht der Schnaps, sondern ... ich ekel mich an! *(gießt sich ein)* Ich bin ja selber schuld, ich habe es selbst so gewollt! Da kann man nichts machen. Ich hab sie dir ja eingeredet, die offene Zweierbeziehung! Jetzt kann ich nicht verlangen, daß du zu mir zurückkommst ... bloß weil ich sauer bin. Nein! Es ist dein heiliges Recht, dir ein Leben aufzubauen, was nur dir alleine gehört! Ach, was rede ich für einen Scheißdreck daher. *(zur Frau)* Aber sei ehrlich. Du hast doch immer gesagt, bei Rockmusik mußt du kotzen? Das sei was für schwachsinnige Psychopathen, daß du Bauchweh kriegst bei diesem humbahumbatätäräh?

FRAU *(kommt halb umgezogen aus dem Bad)* Stimmt. Das war so ein typisches Vorurteil ... Alles Neue, was man nicht kapiert, wird borniert abgelehnt.

MANN Oder gefällt dir diese Musik plötzlich, weil du »in« sein willst? Jung und temperamentvoll? Weil dein Professor Gitarre spielt? Du bist ganz postmodern ... gib zu, dein Professor hat dich beeinflußt!

FRAU Natürlich, wenn eine Frau sich verändert, wenn sie dazulernt, das kann nur ein Mann fertiggebracht haben! Der Pygmalion vom Dienst! Was hat du für ein verkrüppeltes Weltbild. *(das Telefon klingelt)*

MANN Falls das eine Frau ist, ich bin nicht da.

FRAU Warum?

MANN Es paßt mir jetzt nicht.

FRAU Oh, wird der Harem verleugnet? *(am Telefon, zärtlich)* Ja? Warum rufst du an? Ich bin noch nicht fertig ... Was ein Schreck! *(zum Ehemann, bedeckt den Hörer)* Er!

MANN *(flüsternd)* Wer? Was für ein Er?

FRAU Zieh Leine! *(am Telefon)* Du holst mich ab ... kommst her? Wann denn ... in einer halben Stunde *(verlegen)* nein, ich bin ganz alleine ... ja, ich warte schon ... ja, sehr ... gut, ich sag dir den Satz ganz ... ich mag dich sehr ... Tschüs ... tschüüs ... tschüüüüs .. *(legt den Hörer heftig auf. Zum Mann)* Also weißt du. War das nötig, mich derart anzustarren. Du hast mich in große Verlegenheit gebracht ... mich angestarrt wie der Minotaurus ... ich hab gedacht, der gute Gott von Oggersheim steht vor mir!*

MANN Warum sagst du, du wärst alleine? War es dir unangenehm, ihm zu sagen, daß ich bei dir bin?

FRAU Iwoo ... doch ja, es ärgert mich.

MANN *(lacht)* Da haben wir die Bescherung! Das Superhirn ist eifersüchtig!

FRAU Der und eifersüchtig ... das ist ein Witz. So, jetzt trink deinen Schnaps und dann geh.

MANN Warum denn?

FRAU Weil er kommt! Hast du doch gehört!

MANN Was soll das? Tauschen wir jetzt die Rollen? Muß neuerdings ich, als der Ehemann, verschwinden, wenn der Liebhaber meiner Frau kommt? Siehst du, es stimmt also! Er ist eifersüchtig auf mich!

FRAU Ist er nicht im geringsten! Ich möchte nicht, daß ihr euch trefft!

MANN Verstehe. Ich soll nicht merken, daß er gar nicht so spitzenmäßig ist, wie du behauptest. Am Ende gefällt er mir gar nicht. »Ist das dein Atommensch? Welch eine Enttäuschung!«

FRAU Erst einmal ist der Atommensch kein Zwerg. Also erhebe deine Hand! Um ehrlich zu sein, ich fürchte, eher bist DU die Enttäuschung!

MANN Wie? Was?

FRAU Womöglich gefällst DU IHM nicht! Weißt du, ich hab dich geschildert ... dein Portrait hat kaum Ähnlichkeit mit dem Original. Ich hab übertrieben ... mein Mann ist hochintelligent, hab ich gesagt, geistreich, großzügig, aufgeschlossen ...

*Im Original: »wie Pietro Longo«. Führender Politiker (PSDI) der Sozialdemokraten in der Mitte-Rechts-Koalition, der im Sommer '84 wegen Mitgliedschaft in der Geheimloge P-2 gestürzt wurde.

MANN Bin ich das etwa nicht?

FRAU Doch, du hast auch deine Vorzüge ... aber verglichen mit der Realität hab ich ein bißchen übertrieben. Jeder Mensch hat seine Fehler, und ich mag dich mitsamt deinen schlechten Seiten. Wir kennen uns eine Ewigkeit ... als wir geheiratet haben, da war ich ein Mädchen, das keine Ahnung hatte. Aber inzwischen hab ich mich so verändert, daß einer, der mich kennt, so wie ich heute bin, und dich dann kennenlernt ... so jemand kann nicht verstehen, daß eine Frau wie ich solange mit einem Mann wie dir zusammengelebt hat. Entschuldige!

MANN Heh, wie redest du über mich, merkst du nicht, wie du mich beleidigst?

FRAU So begreif doch endlich ...

MANN Was glaubst du eigentlich, wer du bist?

FRAU Eine andere Frau, als du glaubst!

MANN Du willst wohl sagen, du hast dich um hundertachtzig Grad gedreht, du bist durchgedreht! Dir ist bloß zu Kopf gestiegen, daß du mit Geistesgrößen verkehrst, mit diesen elitären Typen, die Rockschlager schreiben! Du kannst mich mal gernhaben, mit deinen aufgeblasenen feinen Pinkeln mitsamt Crème Caramel!

FRAU *(zum Publikum)* Ein echter Gentleman! *(zum Mann)* Das hab ich geahnt. Du willst mir eine Szene machen? Raus hier! Geh jetzt bitte! Wie siehst du überhaupt aus, mit deinem weißen Schal, sehr komisch, wie eine Stola ... kommst mir grad vor wie ein Priester, der an Ostern zu Besuch kommt, um das Haus zu segnen!

MANN Schluß jetzt, Ruhe! Das halt ich nicht aus! *(Der Mann schlingt von hinten seinen Schal um den Hals der Frau, er würgt sie; hört abrupt auf)* Mein Gott, was hab ich getan?

FRAU Hilfe: *(sie befreit sich)* Bist du verrückt, du Idiot! Kommst daher ... in meine Wohnung ... um mich selber zu morden! *(sie sprechen durcheinander)*

MANN Du hast mich provoziert ... du bist schuld ... Siehst du, du bringst mich soweit, daß ich ...

FRAU Ich?!

MANN So begreif doch ... ich wollte dich umbringen!

FRAU Ich war nicht ganz sicher, ehrlich gesagt! Aber jetzt reicht's mir ... verschwinde, ich will dich nicht mehr sehn, du Mistkerl! Gattenmörder! Und zitter nicht so mit den Beinen! Ich hab kein Mitleid mehr mit dir. Hör auf! Man kann direkt sehen, wie sich dein Bauch aufbläht ... reiß dich zusammen, verschwinde ins Bad, laß die Luft ab ...

MANN *(verzweifelt)* Sei still!

FRAU Meinetwegen, entlüfte dich hier, wenn es sein muß. Anschließend muß eben gelüftet werden. Mir tun nur die Leute da unten leid. Siehst du, ich bin wie eine Mutter zu dir. Ich lege extra Musik für dich auf, einen Slowfox ... das wird dir die Entladung erleichtern ...

MANN Du altes Luder, halt endlich dein Maul!

FRAU Das hab ich geahnt: Ich bin das dumme Luder ... wie schön. Ich versuche mich mit lachen darüber hinweg zu retten und kein Drama daraus zu machen, bloß damit du dich nicht schuldig fühlst. Willst du die Wahrheit wissen? Ich sterbe beinah vor Angst. In meinem Leben bin ich noch nicht so erschrocken ... und wie du mich angestarrt hast ... deine Augen! Du hast ausgesehn wie der Papst, wenn er den Ausdruck »Verhütung« hört! Und vor lauter Schreck hab ich diesen Stiefel verkehrt angezogen!

MANN Das kann ich mir vorstellen. Aber weißt du, ich bin durchgedreht bei der Vorstellung, du könntest mich für immer verlassen ... ich war so verzweifelt! Antonia, ich liebe dich ... komm. *(versucht, sie zu umarmen)*

MANN Nein, nicht so hastig ... du erdrückst mich ...

MANN Komm, zieh dich aus, gib mir einen Kuß ... *(zieht ihr den Rock aus)*

FRAU Ja, wart doch ab ... Du reißt sonst mein Kleid entzwei ... und die Rippen!

MANN Komm, laß uns miteinander schlafen ...

FRAU Laß mich, ich hab eine Verabredung ...

MANN Entspann dich, komm, wir lieben uns, jetzt und hier ... ich helf dir ... *(zieht ihr die Stiefel aus und legt die Frau auf den Tisch, mit dem Rücken aufs Telefon)*

FRAU Aua, das Telefon ... mein Kreuz!

MANN *(nimmt das Telefon unter ihrem Rücken weg und*

antwortet) Hallo? *(zur Ehefrau)* Da meldet sich niemand. Du mußt mir beweisen ...

FRAU Was beweisen? *(sie stehen eng beieinander)*

MANN Ich will nur einen Beweis, daß ich dir noch etwas bedeute ...

FRAU *(umarmt ihn. Der Mann macht den Hosengürtel auf)* Du hast Recht ... du hast dir einen Liebesbeweis verdient. Ja, ich liebe dich ... wie lange hab ich auf diesen Augenblick gewartet ... ich liebe dich! Weil du mein größter ... weil du der einzige ... der alleinige Scheißkerl bist!

MANN Du bist wohl verrückt!

FRAU Leck mich doch am Arsch! Schau, wie erbärmlich du dastehst mit deinem offenen Hosenlatz! Was bildest du dir ein, wer du bist? Einer vom Denver-Clan?!

MANN *(macht den Gürtel zu)* Was habe ich denn verbrochen? Ich liebe dich ... ich hab dich doch nur gefragt, ob du mit mir schlafen willst!

FRAU *(ins Publikum)* Er hat nur gefragt ... nichts hat er gefragt! *(zum Mann)* Sag mal. Wieviele Jahre hab ich nicht mehr für dich existiert? Und ganz plötzlich, bloß wegen dem Atommann, wegen der atomaren Gefahr, verliert er den Kopf. Will auf die Schnelle vögeln, wirft mich auf den Tisch ... und ich mit dem Telefon unterm Kreuz ... laß dich doch einsargen. Von wegen offene Zweierbeziehung! In Wahrheit willst du doch nur erneut Besitz ergreifen von dem, was dir laut Gesetz zusteht! Du kannst mich zwar ausleihen – falls du das beschließt – aber niemals an jemanden abtreten. Ach, wenn du könntest, dann würdest du mir ein Brandmal in meinen Hintern einbrennen, mit deinen Initialen ... Privateigentum! Wie bei einer Milchkuh! *(zieht sich wieder an)*

MANN Hör auf mit dem Geschwafel! Du redest daher wie eine Uraltemanze. Was ist? Du ziehst dich tatsächlich wieder an? Du willst wirklich nicht? Es ist wirklich aus und vorbei? Antonia, darf man wissen, was in dich gefahren ist?

FRAU Wer weiß ...

MANN Mein Gott, ich habe den Eindruck, du bist gar nicht mehr da. Du kommst mir so fremd vor, wie ein Wesen von einem anderen Stern. Ach, wärst du wie früher! Du mußt wieder zu dir kommen. Ich will die alte Antonia, die mich beschimpft und beleidigt, die aus dem Fenster springen will, die auf mich schießt ... natürlich ohne zu treffen. Diese Antonia ist mir lieberl! Finde zu dir zurück!

FRAU *(zum Publikum)* Finde zu dir zurück! Sei wieder meine alte, ewig verzweifelte Antonia, die jeden Donnerstag aus dem Fenster springt ... freitags hängt sie sich auf ... und Sonntag ist Ruhetag. Komm zurück zu dir ... du gehst mir auf den Geist, mit deinen banalen Lebensweisheiten, mit diesen Kalendersprüchen. »Tut mir leid, heute muß ich zu Hause bleiben, ich finde mein Ich nicht. Wer hat mein Ego eingesteckt? Hat niemand mein Ego gesehen, es lag eben noch neben dem Telefon ... Entschuldigen Sie, haben Sie zufällig mein Selbst vorbeifahren sehen? Ja, auf dem Fahrrad, mit seinem Ödipuskomplex auf der Lenkstange!«

MANN Donnerwetter. Wie ein lebendes Lexikon sprichst du, so ironisch, so sprachgewandt ... aber wenn ich dann sage, das hat sie garantiert bei ihrem Professor gelernt, dann wird sie sauer! A propos. Darf man wissen, wie und wo du ihn kennengelernt hast?

FRAU Den Professor? Durch seine Tochter.

MANN Aha, das Superhirn hat eine Tochter. Wie alt?

FRAU Fünfzehn. Ich kenn sie schon länger, durch meine Arbeit im Drogenzentrum.

MANN Soso, sie assistiert dir also bei der Arbeit.

FRAU Nein, sie ist selber drogenabhängig ...

MANN Was? Eine Süchtige?

FRAU Ja, wir versuchen sie mit Metadon davon wegzubringen, und dabei habe ich ihren Vater kennengelernt.

MANN *(zufrieden)* Aha, der Professor hat also eine rauschgiftsüchtige Tochter!

FRAU Sag mal, was sind das für Töne?

MANN Was meinst du?

FRAU Ich kenne dich doch! Du scheinst dich zu freuen!

MANN Wieso denn?

FRAU Du bist erleichtert, weil der Professor eine drogenabhängige Tochter hat.

MANN Du spinnst. Sag doch gleich ...

FRAU Sei ehrlich ... sieh mich an!

MANN Gut, es hat mich sehr gefreut. Es stimmt, ich bin ein Fiesling, du darfst mich anspucken! Weil dieser Professor anfängt, mir auf die Eier zu gehen, dieser Gottvater, dieser junge, moderne, geistreiche Supermann ... Aaah! Weil er auch mal versagt hat!

FRAU Nein, du hast versagt! Weißt du was du bist ...

MANN Das weiß ich alleine. Ich weiß ja, daß es ganz schwierig ist, heutzutage ein Kind so zu erziehen, daß es nicht abdriftet, in die Drogenszene ... mit Gewalt in Berührung kommt. Das ist so selten wie ein Volltreffer im Lotto!

FRAU Ja und?

MANN Zugegeben, ich bin ekelhaft! Und trotzdem hat es mir Spaß gemacht. Eine wahre Wonne für einen alten, spießigen Reaktionär wie mich!

FRAU Altes Ekel! Und sowas hab ich geheiratet! Du hättest diesen Mann sehen sollen. Als ich ihn kennenlernte, war er schlapp, am Boden zerstört, grau im Gesicht ...

MANN So? Er wird mir langsam sympathisch!

FRAU Er war verzweifelt. »Ich hab das Mädchen vernachlässigt, sagte er zu mir, hab sie bloß verwöhnt und gehätschelt, aber zu echter Liebe war ich nicht fähig. Ich habe nur meine Karriere im Kopf gehabt, nur an mich gedacht ...«

MANN Und du hast geantwortet: »Das dürfen Sie nicht sagen, Herr Professor, das ist doch nicht Ihre Schuld ... die Gesellschaft ist daran schuld!«

FRAU Ach, halt doch die Klappe!

MANN Du hast doch die Seelentrösterin gespielt, oder?

FRAU Damals hatte ich viel mehr Trost nötig als er.

MANN Also habt ihr euch gegenseitig euer Leid geklagt.

FRAU So etwa. Bis ich eines Tages sagte: Schluß jetzt mit dem Tränenvergießen. Wir sprachen gerade über Comiso. NATO-Stützpunkt. Du weißt schon, die Raketenbasis in Sizilien. »Wie schrecklich ist diese Indifferenz, diese Gleichgültigkeit der Leute bei so einem Problem«, sagte ich. »Das stimmt«, sagte er, »wir sind auch nicht besser als die anderen. Was sollen wir machen?

Komm, wir fahren nach Comiso.« Da sind wir nach Comiso gefahren ...

MANN Comiso in Sizilien?!

FRAU Wenn sie es nicht inzwischen verlegt haben, ist es noch da.

MANN Und wann?

FRAU Vor einem Monat.

MANN Entschuldige mal, vor einem Monat ... bist du da nicht nach Florenz gefahren, um einer Cousine zu helfen, die schwanger war und abtreiben wollte?

FRAU Das war die Version für den Ehemann.

MANN Alle Achtung! Trotzdem, ihr enttäuscht mich. Die Herrschaften, als Intellektuelle zu den oberen Zehntausend gehörend, zur versnobten Bourgeoisie, lassen sich von der allgemeinen Friedenshysterie packen und reisen nach Comiso ... dort reihen sie sich ein in das Häuflein der letzten vier Freaks, zusammen mit zehn fanatischen Masochisten ... um sich verprügeln zu lassen! *(lacht)*

FRAU *(zum Publikum)* Jetzt hängt er wieder den zuckersüßen Reaktionär raus!

MANN Schluß mit dem Reaktionär. Es ist doch eine Tatsache, daß kein Mensch mehr an den Sinn solcher Demonstrationen glaubt ... sogar die Kommunistische Partei kneift!

FRAU Was soll das? Allein in Rom sind eine halbe Million auf die Straße gegangen.

MANN Natürlich. Die großen Politspektakel in der Hauptstadt, die funktionieren ja immer. Die kommen immer an! Aber wer latscht schon bis Comiso? Ein paar alte Widerstandskämpfer ... zwei unentwegte von der Kommunistischen Jugendorganisation ... ein Landfreak mit chronischer Bronchitis ... Dem hat man gesagt: Fahr mal nach Sizilien, da scheint immer die Sonne! Und wenn du vor den Bullen wegrennst, kommst du ins Schwitzen und wirst wieder gesund!

FRAU Genau das haben wir uns gesagt: Ab nach Comiso!

FRAU Mit der Bahn? Oder geflogen?

FRAU Mit dem Motorrad.

MANN Sag das nochmal. Auf dem Motorrad nach Sizilien? Welch Fanatismus!

FRAU Das ist nicht fanatisch, sondern ein ganz normales Hobby. Man muß sich nur gut festhalten!

MANN Hah! Ich sehe direkt, wie du hinter ihm hockst, in roter Lederkluft, mit wehendem Schal, Sturzhelm, auf der röhrenden Suzuki ... brmm ... brmm ...

FRAU Irrtum! Auf einer antiken Guzzi.

MANN Wie patriotisch! Ganz in Azurro! Erzähl. Alle Einzelheiten der Reise.

FRAU Laß mich nachdenken. Erste Station: Parma.

MANN Mailand – Parma. Eine kurze Strecke. Nächste Station?

FRAU Das war's.

MANN Was? Wo bleibt Sizilien, der Tourismus für den Frieden, die Friedensliebe?

FRAU Die hatten wir nicht, wie wir feststellen mußten. Wir merkten, die Endzeittragödie, dieser drohende atomare Krieg war uns egal ... genauso, wie er die Masse nicht interessiert ... Aber Parma, das goldene Parma ist überwältigend. Erinnerst du dich, wie wir auf unserer Hochzeitsreise dort waren?

MANN Ja.

FRAU Kein Vergleich! Es war herrlich. Wir gingen spazieren, aßen im Restaurant Stendhal ...

FRAU Hotel mit Pension. Aber auch da hat's bei dir nicht geklappt im Bett.

FRAU Wer sagt das?

MANN Du warst ein bißchen blockiert ...

FRAU Aber nur bis 50 km vor Parma. Bis Piacenza!

MANN Ach, da fiel die Blockierung aus?

FRAU Total! Der Professor hat kaum seinen Augen getraut. Er war so begeistert, daß er am liebsten zum Andenken das Bett gekauft hätte! Aber der Besitzer wollte es nicht hergeben. Heiliger Himmel, wie spät es ist, die halbe Stunde ist ja schon rum! Du bist daran schuld. Wegen dir hab ich mich dumm und dämlich geredet. Los, mach dich weg! *(der Mann geht zur Wohnungstür)* Nein, sei so nett, geh durch den Hinterausgang in der Küche. Sonst riskierst du noch, auf der Treppe dem Professor in die Arme zu laufen!

MANN So, durch den Dienstbotenausgang willst du mich

loswerden? Der Ehemann wird degradiert: Hallo, ich bin der Laufbursche vom Supermarkt!

FRAU Meinetwegen, wenn du so nachtragend bist, geh raus, wo du willst, aber geh!

MANN Nein!

FRAU Was heißt hier nein?

MANN Ich bleibe hier und warte auf ihn. Ich rühre mich nicht vom Fleck. Ich will ihm ins Gesicht sehen!

FRAU Aber du hattest mir doch versprochen ...

MANN Gar nix hab ich versprochen! Es ist mein heiliges Recht, den Liebhaber meiner Frau kennenzulernen. Ich werde ihm in die Augen schauen, und wehe, er wagt es, verächtlich zu grinsen ... falls er es wagen sollte, hier den rasenden Rockettaro zu spielen, dann schlage ich ihm seine Gitarre aufs Haupt!

FRAU Ich flehe dich an, geh weg, du machst mir noch alles kaputt!

MANN Nein!

FRAU Du bist ein Ekel, ein Schuft, ich könnte dich ... Ach! Zuerst bringst du mich beinah um den Verstand, weil du mich zwingen willst, diesen Scheiß mit der offenen Zweierbeziehung zu akzeptieren. Mir dreht sich der Magen um, ich leide wer weiß wie, schließlich gehe ich darauf ein, um dir zu gefallen ... passe mich an, mache mich auf die Suche, endlich finde ich einen Mann, ich mag ihn, ich verliebe mich ... Und jetzt kommst du an, du Widerling, und willst mir alles kaputtmachen, willst zeigen, wie erbärmlich, wie unsensibel du bist ... und ihm noch dazu seine E-Gitarre aufs Haupt schlagen! Warum gibst du nicht zu, daß du wünscht, ich wäre tot? Weißt du was? Diesmal bring ich mich wirklich um ... mit Gas ... ich mach jetzt den Gashahn auf ... *(Sie läuft in Richtung Küche).*

MANN Halt, bleib hier! Denk ans Energiesparen! Ich geh schon, aber durchs Fenster! Damit du nie wieder Last damit hast, mich jemandem vorzustellen! *(steigt aufs Fensterbrett)*

FRAU Mach dich da runter, du lächerliche Figur ... du kannst einem leid tun!

MANN Was denn? Wenn du aufs Fensterbrett steigst, dann

ist das eine hochdramatische, tragische Angelegenheit. Und ich? Bei mir wirkt das Gleiche bloß lächerlich und peinlich?!

FRAU Das ist eine Stilfrage, mein Lieber! Komm runter!

MANN Es ist nur deshalb nicht dramatisch, weil du dich weigerst mitzuspielen! So wie ich! Ich hab dir immer geholfen, hab dich am Knöchel gepackt, hab dich angefleht …

FRAU Du bist mir zu schwer! Falls ich versuche, dich festzuhalten, wenn du abspringst, dann ziehst du mich mit hinunter! Und außerdem bin ich glücklich, ich hab keine Lust mehr zu sterben. Komm da runter. Ich bitte dich, komm … wenigstens deinen Frauen zuliebe. Wär das ein Umstand an deinem Begräbnis! Das wird eine richtige Kundgebung, all deine Frauen im Trauermarsch hinter dir her … tamtatam … wir zanken und knuffen uns, welche von uns am verzweifeltsten ist … Am Ende rutschen zwei von uns aus, die mit dem Eishörnchen fällt runter, und macht dir noch den Sarg schmutzig …

MANN Du spottest auch noch! *(steigt vom Fensterbrett)* Also paß auf. *(nimmt die Pistole)* Als du deine Schau abgezogen hast, war sie meist nicht geladen. Aber diesmal lade ich sie eigenhändig … schau, das Magazin ist gefüllt. *(lädt die Pistole)*

FRAU So eine Verschwendung … eine reicht doch! Hör jetzt auf damit! War ich vielleicht so lächerlich wie du? Her damit … komm schon! *(es entsteht ein Handgemenge um die Pistole)* Spiel nicht verrückt! Am Ende löst sich noch ein Schuß …

MANN Laß mich! Ich bring mich um! *(ein Schuß löst sich)*

FRAU Du Idiot! Du hast abgedrückt!

MANN Macht nichts, der Schuß ging ins Leere …

FRAU Nicht direkt … ich hab einen Volltreffer abgekriegt, ins Bein … *(jammert)*

MANN Verdammt, tut mir das leid. *(reicht ihr die Krücke)*

FRAU Ein Segen, daß in diesem Haushalt immer eine Krücke bereitsteht. Du bist ein Versager! Du bist nicht einmal fähig, dich selber umzubringen, ohne deine Ehefrau mit reinzuziehen. *(sie setzt sich)*

MANN Du hast recht. Ich bin ein Versager.

FRAU Hör zu, du Versager, du siehst ja, ich blute, und nicht nur der Teppich kriegt Flecken ... geh mal ins Bad und bring mir ein Handtuch, oder Verbandszeug.

MANN Sofort. Beruhige dich, es kann nur ein Streifschuß sein. *(geht ins Bad. Man hört, daß er den Badewannenhahn aufgedreht hat. Es kommt wieder mit einem Legwarmer, den er um Antonias Fuß wickelt)*

FRAU Ja, es ist nur ein Streifschuß ... wie im Film. Die Hauptdarstellerin wird nie ins Herz getroffen, sondern nur leicht verletzt. Ah, das tut weh ... *(betrachtet ihren Fuß)* Bravo, mein Lieber. Wie praktisch. Ein Legwarmer ist bestens geeignet zum Verbinden von Wunden. Hoffentlich entzündet es sich!
Sag mal, hast du den Wasserhahn von der Badewanne aufgedreht?

MANN Allerdings.

FRAU Und wozu? Wenn du dich waschen willst, dann geh nach Hause!

MANN Erstens hab ich keine Badewanne, und zweitens funktioniert die Dusche nicht.

FRAU Nichts funktioniert. Schluß jetzt, ich hab die Nase voll! Begreif doch endlich, es nervt mich, daß du hier bist!

MANN Du wirst sehen, ich mach dir nie wieder Ärger. Wenn dein Genie kommt, kann er dir helfen, mich aus der Badewanne zu ziehen. *(zieht die Jacke aus, geht ins Bad)*

FRAU Mit dem Genie hab ich was Besseres zu tun ... weshalb sollten wir dich aus der Wanne holen?

MANN Naja, du schaffst das nicht alleine. Leichen sind ziemlich schwer!

FRAU *(mimt die Verzweifelte)* Jesses, mein Mann will sich umbringen, will sich ertränken ... mit meiner Blümchenbadehaube auf dem Kopf, damit die Haare trocken bleiben! *(anderer Tonfall)* Ist dir klar, daß man zum Äußersten entschlossen sein muß, um sich in einer Badewanne umzubringen? Du mußt dir mit eisernem Willen die Nase zuhalten ... das klappt nie, bei deinem Charakter!

MANN *(schaut aus der Badezimmertür, den Fön in der Hand)* Ich bin fest entschlossen. Wenn ich erst in der Wanne sitze, nehme ich den Fön zur Hand, ein Knopfdruck, ich schalte ihn ein, und PFLUMM! Eine Stichflamme ... ein Blitzschlag!

FRAU Aha, du hast gestern im Fernsehen »Goldfinger« gesehen!

MANN Nein, meine Liebe, ich hab von selber gute Ideen! Dazu brauche ich weder Fernsehen noch Physiklehrer!

FRAU Beschissene Einfälle hast du!

MANN Wie du meinst. Egal, ich muß mich vorbereiten ... *(geht ins Bad)* mich ausziehen.

FRAU Du willst nackt Selbstmord verüben? *(geht zur Badezimmertür)*

MANN Erwartest du etwa, daß ich im Anzug in die Wanne steige? Siehst du, auch ich habe Stil! *(schließt die Tür hinter sich)*

FRAU *(klopft an die Badezimmertür)* Hör schon auf. Du hast ja recht, vielleicht bin ich schuld, ich hab dich zu sehr gedemütigt ... aber komm endlich da raus, bitte! Benimm dich doch mal normal! Laß uns reden, damit wir diese Dinge wie vernünftige Menschen lösen! Komm endlich! *(sie schaut durchs Schlüsselloch)*

MANN Zu spät, du rettest den Freund nicht mehr ... Und nicht durchs Schlüsselloch linsen! Schäm dich mal.

FRAU *(schaut weiter durchs Schlüsselloch)* Das ist ja verrückt ... *(schreiend)* Der hat tatsächlich den Stecker vom Fön reingesteckt! Hör doch auf!

MANN Endlich kapierst du, wohin es führt, wenn du mich mitleidslos demütigst! Ich will sterben! Brrr ... dieses eiskalte Wasser. Ist in dieser Wohnung denn dauernd der Boiler kaputt?

FRAU Verdammt, komm da raus ... komm! Ich habe alles erfunden! Kein Wort ist wahr. Es gibt keinen Professor! *(trommelt an die Tür)*

MANN *(lugt aus der Tür)* So! Das mit dem Genie war eine Lüge?

(Er erscheint, in ein Badetuch gewickelt. In der Hand hält er den Fön. Er richtet ihn ab und zu, wie eine Pi-

stole, auf die Frau). Gratuliere! Und was ist mit dem Telefon? Hast du vielleicht mit dem Mund geklingelt?

FRAU Nein, das war echt. Jemand hat sich verwählt und wieder aufgehängt ... ich hab so getan als ob ...

MANN Du kleine Schmierenkomödiantin! Aber ich glaube dir nicht. Du versuchst mich nur abzulenken, um Zeit zu gewinnen. Sowie dein Supermann eingetroffen ist, könnt ihr euch dann zu zweit auf mich stürzen und festhalten ... *(Antonia will ihn festhalten. Er geht rückwärts, zielt mit dem Fön auf sie)* Bleib stehen! Bleib mir vom Leib ... oder ich springe!

FRAU Bring dich ja nicht mit Fönschlägen um! Überzeuge dich selbst. Ich rufe jetzt bei der EURATOM an, also ich lasse mir bei der Auskunft die Nummer geben *(wählt eine Nummer),* und lache mich tot, wenn du fragst: »Entschuldigung, gibt es in der Forschungsabteilung einen Rockgitarrenprofessor?« Ich lach mich tot, wenn sie antworten ... *(am Telefon)* Hallo, Fräulein, ich brauche die Nummer von Euratom ... *(der Mann drückt die Gabel nieder)* Was ist? Hab ich dich überzeugt?

MANN Du hast wirklich alles erfunden? Und ich Idiot bin drauf reingefallen!

FRAU Gottlob ... hab ich einen Schreck gekriegt. Hast du dich beruhigt? Ja, es ist alles nicht wahr, aber ich wollte, daß du auch einmal spürst, wie man leidet. Und du Dummkopf hast jedes Wort geglaubt.

MANN *(triumphierend)* Nein, meine Liebe, du bist und bleibst die Gelackmeierte!

FRAU Wie bitte?

MANN Du bist reingefallen, auf die Show mit dem Selbstmord!

FRAU Das war eine Show?

MANN Schau dir doch mal den Zähler an! Siehst du? Ich habe die Sicherung vorher ausgeschaltet. Glaubst du im Ernst, ich würde freiwillig den flambierten Mann spielen? Nein. Ich wollte nur eine Show abziehen. Nun ist wieder Licht, mein Schatz!

FRAU Du hast alles erfunden?

MANN Gewiß ... war das ein Spaß! Ich bin dir zu Dank

verpflichtet ... du hast mich köstlich amüsiert *(er lacht)* Wie ging doch gleich dieser Song? *(singt aus voller Kehle)* »Du warst schon in der Leitung ...“

FRAU Du gemeiner Lump, du Sauhund! Das wird dir noch leid tun! Wo ich mich so abgestrampelt hab, um dir weiszumachen, daß der Professor nicht existiert! Schwein! Betrüger!

MANN Antonia, Schluß! *(die Türklingel läutet)* Würdest du die Tür öffnen? Ich piß mir in die Hose vor Lachen ... *(singt wieder)* »Du warst schon an der Strippe, du Nummer meiner Sucht, ich habe dich gewählt ...“ *(die Frau geht die Tür öffnen. Ein Mann um die vierzig tritt ein. Es ist der Professor.)*

PROFESSOR Entschuldige meine Verspätung ... *(sie umarmen sich)*

MANN Wer ist das?

PROFESSOR Ist das dein Ehemann? Sag mal, singt er nicht dieses Lied von mir?

MANN Wer sind Sie denn bitte?

FRAU Wer soll das schon sein, mein Lieber. Das ist der Rockettaroprofessor!

MANN Daniel Düsentrieb! Neieiein!
(Er packt den Fön und läuft verzweifelt zum Bad, man hört einen Sprung ins Wasser. Ein Feuerblitz)

FRAU Halt! Nein!
(Musik – Licht aus.)

Nachtrag zur dritten, veränderten Auflage der »Offenen Zweierbeziehung«

Der Neusatz der veränderten Ausgabe ist schon umbrochen, da landet, zusammen mit den Korrekturfahnen von Rotbuch, eine brandneue Buchausgabe aus Mailand auf meinem Schreibtisch. Ihr Titel: »Weibliche Rollen« (Parti femminili), Milano 1987. Zwei Einakter von Dario Fo und Franca Rame. »Ein beliebiger Tag« (Una giornata qualunque), Uraufführung am 9. Oktober 1986 im Teatro Nuovo Mailand und »Offene Zweierbeziehung«. Bemerkenswert erscheinen mir folgende Änderungen:

1. Der italienische Originaltitel lautet nun »Una coppia aperta« und nicht mehr »Coppia aperta, quasi spalancata«, was für den deutschen Titel folgenlos bleibt. Tag der Uraufführung war der 30. November 1983, Teatro Sloveno, Triest.
2. Im Rollenbuch heißt die weibliche Hauptfigur nicht mehr einfach »Frau«, sondern von Anfang bis Ende »Antonia«.
3. In der erwähnten Neuausgabe ist gegen Ende eine längere Textpassage gestrichen, nämlich die Geschichte, daß der Professor eine Tochter hat, und die daran anschließende Reise nach Comiso: S. 34 von »A propos, darf man wissen, wo und wie Du ihn kennengelernt hast ...« bis S. 37 »... aber der Besitzer wollte es nicht hergeben.«

Frankfurt, im März 1987 RCH

FRANCA RAME / DARIO FO

EINE MUTTER

Ich beginne jetzt mit dem zweiten Teil der Vorstellung. Der nächste Text zwingt euch und genauso mich, einen doppelten und dreifachen Salto mortale in die Vergangenheit zu machen. Weder diese noch die folgende Szene sind Komödien. Es sind vielmehr zwei ernste, dramatische Szenen. Sie scheinen uns angebracht, in der derzeitigen politischen Situation. Der folgende Monolog ist die Zeugenaussage einer Frau, genauer gesagt einer Mutter. Ich möchte diesem Text nichts hinzufügen, denn er spricht für sich. Nur auf eines möchte ich hinweisen: Es ist das schwierigste Stück, was ich je in meinem Leben gespielt habe. Denn hier trägt über lange Passagen eine Frau ihre Überlegungen und Gedanken vor, spricht sie laut aus. Dieser Monolog entstand aus Interviews und Berichten; er handelt also von Ereignissen, die tatsächlich stattgefunden haben.

(Die Schauspielerin steht in Alltagskleidung an der Rampe und erzählt.)
Ich brauche nicht nur eure Aufmerksamkeit, sondern vor allem eure Vorstellungskraft. Versucht euch vorzustellen, wovon ich berichte, versucht mitzudenken.
Stellt euch vor, ihr sitzt zu Hause beim Abendessen, und dabei läuft die Tagesschau. Plötzlich erscheint auf dem Bildschirm ein Foto, und der Sprecher sagt: »Hier sehen Sie einen der Terroristen, der nach dem Blutbad festgenommen wurde ...« Name und Vorname. Und weiter: »Dieser gefährliche Kriminelle ...«
Ihr seht das Foto, und euer Herz bleibt stehen ... der Kopf platzt euch ... schlagartig begreift ihr: »Mein Gott, er! Es ist ER!«
Das ist doch nicht möglich! Denn ihr kennt ihn nicht zufällig, es ist nicht etwa der Sohn der Nachbarsfrau. Nein. Es ist euer Sohn: Ja, ich meine euch ... EUREN Sohn ... Das ist unmöglich, ausgeschlossen? Und wieso?

Ach, ihr habt keinen Sohn?
Aber vielleicht habt ihr einen Bruder, oder eine Schwester. Nein, es liegt kein Irrtum vor, keine Verwechslung. Er wurde gestellt ... mit der Waffe in der Hand ... hat geschossen ... ein Beamter ist schwer verletzt worden. Versucht euch das vorzustellen. Bitte.
Geht nicht? Das ist ausgeschlossen? Das kann nicht sein. Euren Sohn, euren Bruder, den kennt ihr zu gut, ihr kennt seine Ideen. Er war doch immer gegen jede Gewalt. Wollte sogar aus Gewissensgründen verweigern ...
Seht ihr, genau das habe ich jedesmal gesagt, wenn wieder einmal im Fernsehen einer von diesen verhafteten Jungen gezeigt wurde: Mein Sohn? Der wird nie, niemals einer von denen werden! Und nun ist der Junge, den ihr gerade im Fernseher seht, mein Sohn. Mein Sohn, von mir selbst gemacht, von mir geboren und gestillt. Nein, er hat nicht die Flasche gekriegt, sondern die Brust ... meine Brustwarze. Weil ich dachte, wenn er einmal groß ist, soll er nicht abartig oder ein Asozialer werden ... bloß weil ich ihm die Brust verweigert habe. Der soll keinen Brustwarzenkomplex kriegen.
Alle wichtigen Bücher hab ich gelesen ... und als mir klar wurde, daß ein Kind mit seiner eigenen Kacke spielen muß, und mit seinem Pipi, damit es keine Aggressionen bekommt, und nicht gewalttätig wird oder neurotisch ... da hab ich meinen Sohn damit spielen lassen. Schreibt ja dieser Laverghue in seinem Buch »Die anale Phase«: »Laßt euer Kind ruhig seine eigene Kacke probieren, laßt es damit spielen, sich die Scheiße ins Gesicht schmieren. Das ist notwendig, damit es sich daran gewöhnt, was es als Erwachsener von seinen Mitmenschen kriegen wird.« Mein Sohn hat alles gedurft. Ich hab ihn nie unterdrückt, hab ihn Teller und Becher zerschlagen lassen, damit er sich abreagiert ... wie gesagt, mit seiner eigenen Scheiße durfte er spielen ... und er ist trotzdem ein Gewalttäter geworden. Aber er ist nicht einfach irgendeinem Schlägertrupp beigetreten ... hat keinen Bus angezündet ... keine alte Frau verprügelt, oder mal ein Mädchen vergewaltigt, wofür man ja überall auf der Welt einen verständnisvollen Richter findet ... Nein. Terrorist ist er geworden!

Ich zerbreche mir den Kopf, um dahinterzukommen … wie konnte das passieren? Wie, wann und weshalb? Nächtelang durchforsche ich mein Leben und unsere Familiengeschichte. Ich lasse sie vor mir ablaufen, wie einen Film … ohne den Anfang zu finden. Ich begreife es einfach nicht. Wir sind eine gut demokratische Familie … sind politisch engagiert. Ja, mein Sohn ist mit unseren Ideen aufgewachsen. Natürlich hat er sich in der Schule politisch betätigt … hat mitdemonstriert, protestiert. Aber wer hat das nicht getan?! An der Wand in seinem Zimmer hingen der Reihe nach sämtliche Poster der politischen Mythen jener Jahre: Mao Tse-tung, Che Guevara, Ho Chi Minh, Vietnam … Da fällt mir ein großes Plakat ein, das ihr alle kennt: Es zeigt ein vietnamesisches Mädchen, das seine MP auf den riesengroßen amerikanischen Bomberpiloten vor sich richtet, der die Arme hochhebt.
Das Mädchen besiegt Goliath!
Also ist das Unmögliche machbar!
Wie einfach uns damals alles erschien! Hier sind die Guten, sie vertreten Gleichheit, Gerechtigkeit, Ehrlichkeit! Dort sind die Bösen: Das Böse verliert, und das Gute gewinnt! Das war klar und unproblematisch.
Von heute aus gesehen ist es leicht, wenn wir uns hinstellen und in aller Unschuld beteuern, daß wir damals übertrieben haben. Daß uns damals klar war, wir würden früher oder später auf die Schnauze fallen.
Was, ihr habt samt und sonders schon damals vorausgesagt, wir würden damit auf die Schnauze fallen? Ehrlich? Das habt ihr schon damals vorausgesehen? Ihr Glücklichen! Entschuldigt, das nehme ich euch nicht ab.
Vor ein paar Tagen hab ich mir nämlich eine Fernsehdiskussion mit einem dieser junggebliebenen Achtundsechziger angesehen, einer von diesen Intellektuellen, die immer alles viel früher als die andern wissen, alles vorausgesehen haben … Hat der die achtundsechziger Bewegung verarscht … und die damals herrschende Siegesstimmung … behauptet, es wäre alles Blödsinn gewesen.
Natürlich haben wir unglaublich viel Unsinn gedacht und gemacht. Das waren lauter kleine Lenins, hat er gesagt, die Revolution spielten!

Und dann fiel mir ein Foto von diesem junggebliebenen Achtundsechziger in die Hände, mit seinem Helm auf dem Kopf, Eisenstange in der Hand, Amikutte ... angetreten im militanten Ordnerdienst der Uni Mailand ... Wie man sowas vergißt ... vergangen, vergessen, vorüber.
Heute ist er Leiter der Kultur im Dritten Programm ... in der Serie »Gastronomie« bringt dieser Revoluzzer uns bei, wie man Fleischklöpse herstellt ...
A propos Ordnerdienst. Wenn ich einen Projektor dabei hätte, würde ich euch gern ein paar Demonstrationen vorführen aus jenen Jahren. Auch aus den Jahren davor. Demonstrationen mit den Hafenarbeitern in Genua ... und den Toten von Reggio Emilia 1960 ... damit ihr euch daran erinnert, wie viele wir waren. Euch erinnert an unsere Kraft. An die Beerdigungen, wenn einer unserer Genossen dran glauben mußte ... erinnert ihr euch an unseren Schmerz, unsere Wut? Daran, wie wir den Sarg auf den Schultern trugen, wie wir die Fäuste geballt haben ... an die roten, die schwarzen Fahnen. Erinnert ihr euch an die Slogans, die wir damals riefen? Haben wir die etwa bloß gerufen, um den Rentnern und den Ladenbesitzern Angst einzujagen? Oder war uns bewußt, was wir sagten? Dafür kommt man heute in den Knast!
Ihr wart doch auch dabei, oder? Waren mein Sohn und ich etwa die einzigen, die Ruhe und Ordnung gestört haben? Wenn ich Spaß daran hätte, euch zu blamieren, dann würde ich euch eine schöne Demonstration an die Wand projizieren ... eine, die zufällig hier, ganz genau in dieser Stadt stattgefunden hat. Da könntet ihr manch bekanntes Gesicht entdecken ... wer weiß ... vielleicht sogar euer eigenes.
Aber ihr könnt ganz beruhigt sein. Nein, diese Blamage muß ich euch leider ersparen. Denn sowie ich die Vorführung beginne, wird aus dem Dunkel ein »fürchterlicher Richter« auftauchen und meinen Film beschlagnahmen. Der würde uns umgehend eine schöne Untersuchung anhängen ... ein paar hundert Haftbefehle erlassen ... Und dann gute Nacht. In vier Jahren ist der Prozeß – wenn ihr Glück habt.
Und ich bin die Spionin, die aus dem Ostblock kam!

Beruhigt euch.
Was rede ich da ... ich weiß nicht, ich komme mir vor wie ein Briefkasten, in den alle Welt Postkarten und Briefe einwirft.
Alle wollen sie mich davon überzeugen, daß sich im Gehirn meines Sohnes ein schreckliches Krebsgeschwür eingenistet hat. Daß mein Sohn vom Teufel besessen ist!
Scheinbar sind ihm ganz langsam, Tag für Tag, ganz von alleine die Flügel des rächenden Engels gewachsen, bis er losgeprescht ist, um dem Volk, dem blöden, schlafenden Volk Gerechtigkeit zu bringen. Er ganz alleine!
Ist es möglich, daß keiner von uns, von euch und von denen ein bißchen Verantwortung spürt? Daß sich niemand dafür verantwortlich fühlt?
Nicht einer! Daran ist schädliche Lektüre schuld. Schlecht verdauter Lenin!
Und was ist mit den jahrelangen Schauprozessen, wo es um Hunderte von Toten ging? Um die Blutbäder in Mailand, in Brescia, Bologna, im Italicus, die nie bestraft wurden? Die haben nichts zu tun damit? Was ist mit der nicht endenwollenden Ungerechtigkeit ... mit den Massenentlassungen ... der Arbeitslosigkeit ... mit den Jugendlichen ... den sozialen Randgruppen?
Es reicht! Das kennen wir auswendig. Das hier ist doch keine politische Versammlung. Schluß jetzt!
Soll das etwa heißen, ich behaupte, daß diese Probleme irgendeinen Einfluß gehabt hätten?
Ja, und abermals ja. Ich bitte euch, habt ein wenig Respekt vor mir und vor meinem Verstand. Ja, sage ich, all das hat Einfluß gehabt.
Entschuldigt. Mir ist es ganz peinlich, daß ich euch in Verlegenheit bringe. Ich kann mir vorstellen, was ihr denkt: »Was soll man dazu sagen ... die Frau redet ein Durcheinander ... die Arme, die ist ja total verzweifelt ... naja, in dem Zustand kann man von der nichts Vernünftiges erwarten ... keine politische Analyse ... sie verdient unser Mitleid.«
Nein, die ›arme Frau‹, das könnt ihr vergessen. Darauf verzichte ich! Ich will euch einen anderen Fall erzählen. Von einem anderen Jungen, einem Freund meines Sohnes,

der bei uns wie zu Hause war. Ein vernünftiger Junge, der ganz korrekt und konkret Politik gemacht hat, in der Jugendorganisation der KP. Ausgeflippt ist er! Könnt ihr euch vorstellen, was dem gefehlt haben mag? Schon wieder falsch verstandene Leninlektüre? Er braucht pro Tag zwei Gramm Heroin. Und stand kurz vor seinem Examen als Ingenieur. Hat bereits in der gutgehenden Firma seines Vaters mitgearbeitet ... und ist ausgeflippt. Und was macht der Herr Ingenieur, sein Vater? Um zu verhindern, daß sich sein Sohn gestreckte Ware spritzt, daß er dealt, daß er klaut, Einbrüche macht, oder sich umbringt ... setzt er sich ins Auto und fährt hin und besorgt ihm den Stoff. Der kennt alle Dealer im Viertel.
Vor zwei Monaten wurde er verhaftet, dank diesem beschissenen Gesetz, wegen Besitz und Transport von Rauschgift ... der Vater! Was der Familie völlig egal war. Wenn ich dran denke, früher hätten die für ihren guten Ruf den Kopf hingehalten! Und heute?
»Daran sind nur seine Eltern schuld«, dachte ich, bevor ich erfuhr, daß mein Sohn ein Terrorist ist. »Ich an ihrer Stelle würde so einen Sohn an den Stuhl fesseln, würde ihm auf den Kopf schlagen, statt ihm Nachschub zu besorgen! Die Eltern sind schuld, sie sind Verschwender, sind einfach zu reich!«
Vor ein paar Tagen hab ich mich mit der Mutter dieses Jungen getroffen ... ich hab ihr von meiner Verzweiflung erzählt, und sie mir von ihrer.
»Wissen Sie«, sagte sie plötzlich, »Sie haben es gut, ich beneide Sie. Ihr Sohn glaubt wenigstens an irgend was, aber meiner, der glaubt nur an den Druck mit der Nadel, an den nächsten Schuß.«
»Ich bitte Sie, mein Sohn ist doch verrückt, der glaubt nur an seine verrückten Utopien, mein Sohn, der schießt und tötet! Ihr Sohn hingegen richtet bloß sich selber zugrunde, der schadet nur sich alleine, und sonst niemand.«
»Was glauben Sie ... sehen Sie uns an ... sehen mein Mann und ich wie zwei lebende Menschen aus? Sicher, unser Sohn wird nie dafür bestraft werden, daß er uns vernichtet hat ... nur noch zwei Masken sind wir. Wenn ich mir vorstelle, daß er einmal in meinem Bauch war ... wenn ich an

den Tag denke, als ich ihn geboren habe ... ach, wär er doch krepiert ... wär er gestorben!«
Mit einer Wut sagte sie das, daß ich noch heute Gänsehaut bekomme.
»Genau wie ich«, habe ich geantwortet. »Ich habe keinen Sohn mehr! Lieber bring ich ihn um, lieber erwürge ich ihn!«
Ich bin nach Sardinien gereist, ihn im Knast zu besuchen, im Hochsicherheitstrakt. Während der Reise ... hatte ich eine Wut! Nicht eine Träne soll dieser Kerl in meinen Augen entdecken ... ich habe kein Mitleid mit ihm! »Hast du dich endlich verwirklicht, du Fanatiker?« werde ich fragen.
Ich bin nämlich extra hingegangen, hab mir den Leichnam von einem dieser Polizisten angeschaut, die von diesen »Genossen« meines Sohnes ermordet worden sind. Ja, ich war in der Leichenhalle. Weil, wenn man so etwas nicht aus der Nähe sieht, nicht mit den Händen berührt, dann hat man leicht jammern und klagen.
Ich kam also in diesem Hochsicherheitsknast an, mit meinem Gepäck und ging zum Schalter, um Essen und Wäsche abzugeben. »Nein, wir nehmen nichts entgegen«, hieß es. »Anweisung von oben. Laut Artikel 90.«
»Aber ich komme von weit her, und mein Sohn hat keinen Pfennig und nichts anzuziehen.«
»Setzen Sie sich, warten Sie, laut Artikel 90«, war die Antwort.
Ich war verwirrt, war ja mein erster Besuch. Währenddem riefen und schrien die andern Besucher durcheinander. Eine Frau stritt sich mit einem Polizisten herum und sagte ganz laut: »Mein Sohn ist kein Terrorist ... mein Sohn ist ein kommunistischer Kämpfer!« Die haben sie dann weggeschickt. Sie hatte eine Besuchserlaubnis, und sie wurde abgewiesen! Ich nicht, mich haben sie zum Glück durchgelassen.
Dann kam ich in ein Zimmerchen. Eine Beamtin fing an, mich überall abzutasten. Plötzlich hebt sie meinen Rock hoch, und ich frage: »Was wollen Sie?«
»Ziehen Sie sich aus«, sagte sie, »Untersuchung von Vagina und Anus.«

»Das glaube ich nicht. Das ist ein Witz. Ihr habt mich überall begrabscht, mich durch den Metalldetektor geschickt und noch einmal meinen ganzen Körper mit einem tragbaren Detektor abgetastet. Außerdem ist mein Besuch mit Trennscheibe ... was soll ich denn an mir haben ... das ist eine Provokation, eine Demütigung!«
»Vorschrift laut Artikel 90. Wollen Sie Ihren Sohn sehen? Dann ziehen Sie sich aus.«
Seht ihr, deshalb habe ich euch um eure Vorstellungskraft gebeten. Meine Wut war grenzenlos.
»Wird gemacht, ja«, und ich dachte: »Das bring ich in die Zeitung! Ich werde auspacken! Alle Welt soll erfahren, was hier vorgeht!«
Beinah hätte ich lachen müssen. Welche Zeitung wird auch nur *eine* Zeile über das, was ich durchmache, veröffentlichen? Ich bin ja die Mutter eines Terroristen! Schließlich sind 65 % der Italiener für die Wiedereinführung der Todesstrafe. Da hab ich die Beine gespreizt und ließ sie machen.
»Stellen Sie die Handtasche in den Schrank ... entfernen Sie die Haarnadeln ... das Kettchen, die Uhr ablegen, die Zigaretten ... nehmen Sie den Schlüssel an sich. Folgen Sie mir.«
Ich folgte ihr. Endlose Flure, Gitter, Maschinengewehre, Schlösser ... Schlüssel ... soviel Eisen hab ich in meinem Leben noch nicht gesehen. Endlich komme ich in einen Saal, den eine dicke Scheibe vom Boden bis zur Decke querteilt. Diese Glasscheibe war mit zwei vertikalen Eisenstangen meterweise abgetrennt, die den Raum pro Person eingrenzten. Auf der einen Seite drängten sich Frauen und Männer, also die Angehörigen, vor ihrem Meter Glas, auf der anderen die Gefangenen. Eine Gegensprechanlage existierte nicht. Jeder schrie, von hier nach dort, um sich verständlich zu machen ... es herrschte ein unheimlicher Lärm, wie in einer Bahnhofshalle.
»Mein Sohn, wo ist mein Sohn ...«
Ich hab ihn sofort entdeckt. Gehe hin. Da war er ... hinter seinem Quadratmeter Glas ...
Ich sehe ihn wieder und wieder an ... erkenne ihn mehr an dem Pulli, den er trägt, als am Gesicht ... das war ganz ver-

quollen ... trug Spuren von Schlägen ... und die Hände steckten in der Hosentasche. Nicht einmal nahm er die Hände aus den Taschen ... ich hab dann kapiert, warum. Sie hatten Brandwunden, von einem Verhör. Ich sehe ihn wieder und wieder an, bin sprachlos ... er rührt sich kaum. Soll das mein Sohn sein, frage ich mich. Mein Gott, wie viele Jahre bekommt er? Dreißig Jahre ... und wozu dann all das, wozu die Durchsuchung, die Isolationshaft, die Trennscheibe?

Da soll man sie doch lieber gleich umbringen, sowie man sie hat ... Kopfschuß! ... Ach so, das geht nicht. Wir sind ein demokratischer Staat! Da sind die Deutschen doch besser ... die haben in Stammheim ihre Terroristen einfach umgelegt ...

Ich seh meinen Sohn an ... geht euch das auch so ... ich weiß nicht, ich seh meinen Sohn oft als Kind vor mir. Wie er geboren war, hab ich ihn auch das erste Mal hinter Glas gesehen ...

Immer wieder seh ich ihn an.

Neulich Nacht hab ich von ihm geträumt ... ich habe ihn beim Prozeß vor Gericht gesehen. Er war höchstens fünf Jahre alt. Zwei Beamte brachten ihn in den Saal, sie hielten ihn an den Händen fest zwischen sich.

Als er mich sah, fing er zuerst an zu lächeln ... und dann begann er ganz schrecklich zu weinen.

Der Richter sagt zu mir: »Nehmen Sie ihn in den Arm, damit er Ruhe gibt, andernfalls kann er nicht verhört werden, und wir müssen die Verhandlung vertagen. Setzen Sie sich.«

Dann mußte ich mich mit meinem Sohn im Arm auf den Zeugenstuhl setzen ... vor mir das Mikrophon.

»Sie müssen mitarbeiten, Frau ...«

»Jawohl, ich bin dazu bereit, Herr Richter.«

»Dann überzeugen Sie Ihren Sohn davon, daß er bereuen muß.«*

»Aber Sie haben doch selber gesagt, Herr Richter, daß mein Sohn bei der allerersten Aktion, die er mitgemacht hat, geschnappt wurde ...

*Der Begriff des »terrorista pentito« wird im Nachwort erläutert.

Ich bin überzeugt, er bereut ganz bestimmt ... sicher tut es ihm leid ...«
»Na schön. Dann soll er mal auspacken. Ein paar von seinen Kumpanen nennen. Namen und Adressen.«
»Aber er kannte doch keinen von denen ... er weiß doch gar nichts ...«
»Dann ist nichts zu machen, meine Liebe. Dann kann er von dem Gesetz für reuige Terroristen nicht profitieren! Uns kommt es auf jeden an, der seine Genossen preisgibt, belastet und abschwört. Wir wollen wissen, wer Banden organisiert, wer die Befehle gibt und wer mitmachen darf bei einer Aktion. Wir wollen den, der entschieden hat, auf welchen Kopf, in welches Bein geschossen wird. Denken Sie an Savasta! Der hat 240 Leute denunziert ... und hat alles selber organisiert. Wenn Leute wie er, Leute, die aussagen wollen, den Gerichtssaal betreten – Vagoni, Savasta, Peci, Fiorini – dann stehen unsere Beamten vor Hochachtung stramm und salutieren. Genau wie wir Richter. Fehlt nur noch, daß die Nationalhymne angestimmt wird!
Hier haben Sie eine Liste mit Namen, die zeigen Sie Ihrem Sohn. Wir wollen behilflich sein. Er muß ja die Leute nicht persönlich gekannt haben. Soll uns nur ihre Namen bestätigen ... Uns reicht es schon, wenn ein Name einmal erwähnt wurde in seiner Gegenwart ... um einen Haftbefehl zu erlassen ...«
»Herr Richter, erlauben Sie ... er soll wohl Unschuldige ins Gefängnis bringen ... das würde einen Staub aufwirbeln ...«
Das Wort »Staub aufwirbeln« wirkt wie ein Zauberwort. Ich dachte, ich träume, unter dem Richtertisch breitet sich eine große Rauchwolke aus ... ich erschrecke:
»Ein Attentat!«
»Ruhe! Nein, das ist Dampf. Die Druckventile der Heizung dampfen ...«
»Hilfe! Wo ist mein Sohn?«
Ein Alptraum! Ich habe meinen Sohn verloren! Die Polizisten werfen sich auf mich.
»Wo ist der Gefangene Kind? Sie sind für ihn verantwortlich! Sie hatten ihn in Verwahrung!«
»Wartet ...«

»Suchen Sie ihn, aber schnell!«
»Ich suche ja schon.« Ich tauche meine Hand in den Nebeldampf ... ich hab ihn.
»Herr Richter, ich hab ihn gefunden! Hab meinen Sohn wieder!«
Aber das ist ja gar nicht mein Sohn ... das ist ja der Junge, der fixt ... er blutet ... hat den Körper voller Brandwunden ... Was ist passiert?
»Sie haben mich gefoltert. Ich hab am ganzen Körper Verbrennungen ... auch an den Hoden ...«
»Halt den Mund, schweig still! Ruhig! Er ist es, Herr Richter! Es ist mein Sohn! Ich hab meinen Sohn gefangen! Hiermit liefere ich Ihnen meinen Sohn aus. Ich erfülle meine Pflicht als demokratische Staatsbürgerin, die Vertrauen in den Staat hat. Da haben Sie ihn.
Oh, entschuldigen Sie, Herr Richter ...
Ich hab ihn zu fest gedrückt ...
Hab ihn erwürgt.
Er ist tot!«

FRANCA RAME / DARIO FO

Die Vergewaltigung

Das letzte Stück unserer Vorstellung heißt »Die Vergewaltigung«. Ihr müßt wissen, diese Vorstellung ging durch die Zensur und wurde für Jugendliche unter 18 Jahren verboten. Die »Offene Zweierbeziehung« wurde verboten – bei all dem, was uns das Fernsehen täglich an sexueller Gewalt zeigt!*
In der »Offenen Zweierbeziehung« geht es um ein Ehepaar, einen Mann und eine Frau, die verheiratet sind und über ihre Probleme reden. Über die Probleme, die ein Paar in den achtziger Jahren hat und die es teilt mit unzähligen anderen Paaren, egal, welcher sozialen Schicht sie angehören. Was stimmt nicht an diesem Stück? Seine realistische Sprache? Diese ganz alltägliche Umgangssprache, die in jeder sogenannten »guten Familie« gesprochen wird?
*Die Vergewaltigungsszene stammt aus dem »Quotidiano Donna« von 1978**. Es ist das Zeugnis einer Frau, die an ihrem Körper und in ihrem Kopf Gewalt erlitten hat. Was an diesem Stück könnte einen Jugendlichen unter 18 – nicht etwa unter 14 Jahren! – verletzen?*
Ich denke, diese unsere Regierungszensoren haben nicht das Stück zensuriert, sondern seine Idee. Denn man spricht nicht über Vergewaltigung! Aber gerade mit Jugendlichen sollte man darüber sprechen, weil gerade sie Gewalt anwenden. Gerade sie müssen dazulernen. Das Thema müßte in ihre Schulbücher, damit sie von klein auf lernen, man darf nicht vergewaltigen. Wir haben Berufung eingelegt gegen diese ministerielle Entscheidung und warten ab, was sich tut.

*Diese Vorrede wurde aufgenommen am 7. 1. 1984 im Palazzo Congressi in Bologna

**Zuerst von F. R. am 2. 12. 1978 in der »Frauen Tageszeitung« veröffentlicht unter dem Titel: »Ich rühre mich nicht, schreie nicht, habe keine Stimme«

Immer noch ist diese blödsinnige Auffassung verbreitet: Einer Frau wird nur dann geglaubt, daß sie körperliche Gewalt erlitten hat, wenn sie das Glück hat, sich den zuständigen Behörden geschändet und blutend präsentieren zu können. Der Idealfall ist immer noch, wenn sie als Tote daherkommt. Denn ein Leichnam, der die Spuren einer Vergewaltigung trägt, überzeugt zutiefst davon, daß die Frau nicht gelogen hat.

Wir sind wohl alle auf dem laufenden über jenen Gesetzentwurf, der im Frühjahr '83 im Abgeordnetenhaus vorgelegt wurde. Artikel 1 lautet: »Sexuelle Gewalt ist gleichzusetzen mit Gewalt gegen die Person.« In der Tat, eine Frau erleidet Gewalt als Person, oder nicht? Dann kam ein Abänderungsantrag von einem christdemokratischen Abgeordneten namens Casini und blockierte dieses Gesetz. Casini – sein Name ist ein Programm; denn er hat jenen Artikel 1 in ein Verbrechen verwandelt. Hört gut zu, es geht dabei um die genaue Bedeutung der Worte. Ein Verbrechen gegen die sexuelle Selbstbestimmung richte sich gegen die Würde der Person, sagt er. Das klingt gut: »Die Würde der Person«, die Menschenwürde. Aber die Würde ist etwas Abstraktes, sexuelle Gewalt hingegen etwas sehr Konkretes. Sexuelle Gewalt richtet sich zwar auch gegen deine Würde, aber du erleidest sie an deinem eigenen Körper. Wir müßten also über die beiden Mädchen vom Circeo, einen der aufsehenerregendsten Vergewaltigungsfälle in jüngster Zeit, von denen eine gestorben ist, folgendermaßen reden: »Ihre Würde wurde ungemein verletzt!«*
Innerhalb der letzten Woche sind allein beim Gericht in Rom 15 Anzeigen wegen sexueller Gewalt eingegangen. Ich bewundere die Frauen und Mädchen zutiefst, die den Mut hatten, dort Anzeige zu erstatten. Es gehört viel Mut dazu, wie jede von uns weiß – ihr habt es ja auch in diesem Fernsehfilm »Prozeß wegen Vergewaltigung« sehen können – du mußt Anzeige erstatten, du erleidest Gewalt, mußt deine Hemmungen überwinden, weil dich alle Welt

*»casino/i« heißt im italienischen »Bordell«, im übertragenen Sinn Radau schlagen; eine Sauerei anrichten.

kennt, und im Prozeß bist du in der Rolle der Angeklagten, ohne zu wissen wie, während die Vergewaltiger samt und sonders ehrenwerte Leute sind.
Heute kam eine Lehrerin, die in der Mittelschule unterrichtet, in meine Garderobe und schilderte mir den Fall eines Mädchens von 13 Jahren, das von drei Schulkameraden vergewaltigt wurde. Der Schulleiter meinte dazu: »Nun gut, das sind Jungenstreiche. Aber ich muß schon sagen, das Mädel ist ganz schön kokett.« Immer trägt die Frau die Verantwortung!
Am meisten Angst haben die Mädchen, die Anzeige erstatten, vor der Befragung. Denn so Gott will, legen sich Ärzte, Richter, Rechtsanwälte und Polizisten gewaltig ins Zeug, um dir deine Situation zu erleichtern. Sie sind ungemein verständnisvoll und stellen dir völlig unbedeutende Fragen, wie: »Entschuldigen Sie, Frau oder Fräulein ... sind Sie ganz sicher, daß Ihr Stöhnen, das zweifelsohne von Ihren Schmerzen herrührte, nicht als ein lustvolles Stöhnen mißverstanden werden konnte?«
Das ist noch gar nichts.
»Fühlten Sie sich nicht geschmeichelt, daß so viele Männer auf einmal – ich glaube es waren vier – Sie allesamt so leidenschaftlich begehrten?«
Und dann kommt die schwierigste Frage: »Haben Sie Lust empfunden«, oder falls er Akademiker ist: »Hatten Sie einen Orgasmus, und falls ja, wieviele?«
Wir lachen, aber das sind Zeugenaussagen, bei denen uns graust.
Den Text, den wir jetzt vorstellen, haben wir im »Quatidiano Donna« gefunden. Eine Frau, die eine Vergewaltigung erleidet, berichtet Minute für Minute. Ein erschreckendes und ein authentisches Stück.
Ich widme es dem Abgeordneten Casini.

FRANCA RAME
DIE VERGEWALTIGUNG

(Auf der Bühne ein Stuhl. Ansonsten ist die Bühne leer. Die Schauspielerin sitzt während der Szene auf dem Stuhl, frontal zum Publikum. Körper und Kopf sind nach hinten gestreckt, die Beine nach vorn; ihre Arme hängen seitlich herunter. Sie spricht stockend, wie eine Person, die versucht, ein Erlebnis zu rekonstruieren.)

Ein Radio spielt. Ich höre es erst nach einer Weile.
Nach einer Weile begreife ich, da singt einer.
Ja, es ist ein Radio, ein Schlager: Liebe Himmel Sterne Herz ... Liebe. Liiiebe ...
Ich spüre ein einziges Knie, in mein Kreuz gerammt, so als ob hinter mir einer mit dem anderen auf dem Boden kniet.
Er packt meine Hände ganz fest, er verdreht mir die Hände.
Besonders die linke.
Weshalb kommt mir dabei der Gedanke, er sei vielleicht Linkshänder?
Ich bin unfähig zu begreifen, was mit mir passiert.
Ich bin starr vor Entsetzen, wie jemand, der den Verstand verliert ... die Stimme ... die Sprache.
Gott, was ein Durcheinander!
Wie bin ich nur in diesen Lieferwagen geraten? Bin ich hochgeklettert, weil sie mich vorwärtsgestoßen haben, oder haben sie mich aufgeladen, mich hochgewuchtet?
Ich weiß es nicht.
Kann nicht richtig nachdenken, weil mir das Herz so laut gegen die Rippen klopft. Spüre nur, wie der Schmerz an meiner linken Hand unerträglich wird.
Warum verdrehen sie mir so die Hände?
Ich versuche, mich nicht zu bewegen.
Bin wie zu Eis erstarrt.
Jetzt drückt mir der hinter mir nicht mehr sein Knie ins

Kreuz. Er hat sich's bequem gemacht, hat sich hingesetzt, hält mich von hinten fest, zwischen seinen auseinandergespreizten Beinen ... so hat man das früher gemacht, wenn man Kindern die Mandeln rausnahm ...
Dies Bild kommt mir in den Sinn.
Warum halten sie mich so fest ... wozu das Radio?
Vielleicht haben sie Angst, ich schreie?
Jetzt drehn sie es leiser, denn ich schreie ja nicht.
Außer dem, der mich von hinten festhält, sind noch drei andere da.
Ich schaue sie an. Sie wirken ruhig und ganz sicher. Es ist ziemlich dunkel, und wenig Platz ... vielleicht halten sie mich deshalb halb sitzend, halb liegend. Was machen sie?
Sie zünden sich Zigaretten an.
Wieso rauchen sie jetzt, und halten mich in dieser Lage fest? Ich spüre, daß irgend etwas passieren wird.
Der mich von hinten hält, hat seine Muskeln stärker angespannt ... er packt nicht fester zu, hat nur die Muskeln gespannt, um bereit zu sein, mich noch fester zu halten.
Jetzt kommt einer auf mich zu, einer hockt sich rechts von mir hin ... ein Dritter links. Wie nah sie sind. Ich habe Angst. Gleich passiert irgend was ... ich spüre es.
Ich hole ein paarmal tief Luft, aber mein Kopf wird nicht klarer.
Ich habe Angst ... Angst ...
Ihre glühenden Zigaretten sind ganz nah.
Sie ziehen heftig daran.
Ich fühle mich schlecht.
Der hinter mir ist bereit, er ist soweit. Es ist ganz still, bis auf die Musik.
Der sich zuerst bewegt hat, kniet sich jetzt vor mich hin ... er spreizt meine Beine auseinander. Ich habe Angst. Ich habe Hosen an. Warum spreizen sie mir die Beine, wo ich Hosen anhabe? Ich fühle mich schlecht ... das ist schlimmer, als wäre ich nackt.
Von dieser Empfindung lenkt mich etwas ab, was ich nicht begreife ... ein Brennen, zuerst schwach, dann wird es stärker, schließlich unerträglich ... auf der linken Brust.
Ein brennender Stich.
Die Zigaretten ... Zigarettenglut ...

Was soll ich nur machen. Wie verhält man sich in so einer Situation?
Ich kann mich überhaupt nicht verhalten.
Ich fühle mich, als sei ich eine Zuschauerin, ganz weit weg, die aus dem Fenster lehnt und gezwungen ist, etwas Grauenhaftes mit anzusehen.
Eine Zigarette nach der anderen. Eine Zigarette nach der andern ... Der rechts von mir zündet sie an, zieht zweimal und gibt sie weiter an den vor mir ... der links von mir zündet sie an, zieht zweimal und gibt sie weiter an den vor mir ... Der Gestank der verbrannten Wolle scheint sie zu stören ... mit einer Rasierklinge schneiden sie meinen Pullover der Länge nach auf ... den BH ebenfalls ... sie schneiden in die Haut. 21 Zentimeter lang, wird bei der ärztlichen Untersuchung festgestellt.
Jetzt packt der vor mir meine Brüste. Ich spüre seine eiskalten Hände auf den Brandwunden.
Der hinter mir erregt sich jetzt, ich spüre, wie er sich an meinem Rücken reibt.
Jetzt sind alle damit beschäftigt, mich auszuziehen. Nur einen Schuh, nur ein Hosenbein.
Jetzt dringt einer in mich ein.
Mir wird übel. Ganz ruhig ... ich muß ganz ruhig bleiben. Ich höre die Geräusche der Stadt ... höre die Schlager ... ich muß ruhig bleiben.
»Beweg dich, du Nutte, sei nett zu mir.«
Ich höre nichts mehr, ich verstehe nichts mehr.
»Beweg dich, du Nutte, sei nett zu mir.«
Der zweite ist an der Reihe. Die Rasierklinge, die sie für meinen Pullover gebraucht haben, fährt ein paarmal durch mein Gesicht.
Ich spüre nicht, ob sie schneidet.
»Beweg dich, du Nutte.« Jetzt ist der dritte dran. »Beweg dich, du Nutte.«
Blut fließt mir vom Gesicht in die Ohren.
»Beweg dich, beweg dich« ... ich sterbe ... entsetzlich, wie diese ekligen Tiere in meinem Bauch Lust empfinden.
»Ich sterbe«, bring ich hervor, »ich bin herzkrank.«
Sie glauben mir das, glauben mir nicht. Sie streiten sich.
»Lassen wir sie raus ... nein ... doch ...« Und dann

drücken sie, ganz langsam, eine Zigarette auf meinem Hals aus.
Da bin ich wohl endlich ohnmächtig geworden.
Nun spüre ich, wie sie mich anziehen. Ich lasse es geschehen. Der mich von hinten festhält, zieht mich mit raschen Bewegungen an, als wär ich ein Kind. Er beklagt sich, weil er als einziger nicht ... nicht drangekommen ist. In der Tat, er hat sich nicht ausgezogen, pardon, hat den Hosenschlitz nicht geöffnet. Er kommt nicht zurecht mit meinem aufgeschlitzten Pullover, zieht mir die Jacke über. *(sie steht auf)* Der Wagen hält, damit ich aussteigen kann. Dann fährt er weiter.
Ich halte mir die Jacke über der nackten Brust zusammen.
Wo bin ich? In einem Park.
Mir ist schlecht ... wie schlecht ich mich fühle ... ich glaube, ich werde ohnmächtig ... nicht bloß, weil mein Körper überall wehtut ... sondern vor Wut ... wegen der Demütigung ... weil mir tausendmal ins Gehirn gespuckt worden ist ... weil ich das Sperma rauslaufen fühle. Ich lehne mich an einen Baum ... ah, auch meine Haare schmerzen ... sie haben daran gezerrt ... ja, um meinen Kopf festzuhalten. Ich fahre mir übers Gesicht ... meine Hand ist voll Blut. Ich schlage den Jackenkragen hoch.
Dann gehe ich. Gehe, wer weiß wie lange. Weiß nicht wohin.
Gehe und gehe.
Bis ich plötzlich, ohne zu wissen wie, vorm Polizeirevier stehe.
Hab dann, wer weiß wie lange, an der Hauswand gegenüber gelehnt, hab dagestanden, und immer wieder den Eingang von der Polizei betrachtet.
Ich betrachte das Gebäude da drüben ...
ich stelle mir ihre Fragen vor ...
ihr unterdrücktes Grinsen ...
denke nach, überlege ... und dann ...
dann entscheide ich.
Ich gehe nach Hause.
Ich werde sie morgen anzeigen.

TEATRO FAMIGLIA RAME

QUESTA SERA

Grande serata in onore delle piccole attrici FRANCA e INES RAME

PERSONAGGI

Gino	*Franca Rame*
Carletto	*Ines Rame*
Pina	*Emilia Rame*
Rosa	*Lina Rame*
Vincenzo	*Carlo Frigerio*
Giacomino	*Lucia Rame*
Masone	*Domenico Rame*
Conte Federico	*Carlo Verona*
Renzo	*Comaso Rame*
Biagio	*Gino Lomazzi*
Nardo	*Sicuvi Cogo*

In valle d'Aosta e in Torino

I poveri spazzacamini della Valle d'Aosta

o AMOR DI MADRE

Capolavoro passionale del Dott. G. Sabbatini

3 atti di verismo umano

Il mercante di carne umana frustava i piccini e la madre dolorante aspettava il bambino che non tornava

Il povero martire riposava sfatto e annerito nel camposanto di Torino.

Segue la celebre comica

Battistone, Re dei mamalucchi

Tip. A. Pezzi - Fino Mornasco

Renate Chotjewitz-Häfner

Nachbemerkung zu Franca Rame

»Alles ist Biographie«

Nach dem Welterfolg von *»Nur Kinder, Küche, Kirche«* verfaßten Franca Rame und Dario Fo 1983 ein neues abendfüllendes Programm unter dem Titel »Sperrangelweit offene Zweierbeziehung« (so die wörtliche Übersetzung), das inhaltlich anknüpft an jene ersten Szenen aus dem ›Frauenleben‹. *Coppia aperta, quasi spalancata* ist maßgeschneidert auf die Schauspielerin Franca Rame mit einem männlichen Partner in der ›Nebenrolle‹. Das Zweipersonenstück gleichen Titels ist vereint mit den Monologszenen »Eine Mutter« und »Die Vergewaltigung«.

Meine Nachbemerkung zur deutschen Buchausgabe will die Gelegenheit nutzen, Franca aus dem Schatten zu holen, den das lebende Monument Dario Fo wirft. Über ihn schreiben sich nicht nur in Italien die Romanisten und Theaterfachleute, die Übersetzer und Studentinnen die Finger wund. Seine Lebensgefährtin und ihre Arbeit stehen weniger im Mittelpunkt des öffentlichen Interesses. Ich will aufzeigen, welche Rolle Franca Rame für das Fosche Theater und in ihm spielt, welche Anstöße sie gab, was ihre Mitgift war, was sie einbrachte und was sie leistet, um ihren Teil und sie als Person sichtbar zu machen. Zu Beginn erscheint es mir deshalb angebracht, sie selber zu Wort kommen zu lassen.

»Das war meine Schauspielschule«*

Franca hat ihren ersten Auftritt im Arm ihrer Mutter, als sie acht Tage alt ist, als Tochter der Genovefa von Brabant.

*Diese Biographie folgt dem von mir leicht veränderten Pressetext, der anläßlich der Uraufführung von »Elisabeth – rein zufällig eine Frau« Ende 1984 verteilt wurde.

Die Rame haben seit Generationen einen Ruf als Wanderschauspieler; ein Familienunternehmen aus der Lombardei, 361 Tage im Jahr unterwegs in Norditalien.
Bühnentechnik und Rezitationsstil der Komödiantentruppe basierten auf dem Marionettentheater des Großvaters Pio Rame. »Als der Kinofilm aufkam, verschwanden Marionetten und Puppen, wurden nach und nach durch Schauspieler ersetzt. Was übernommen wurde, und blieb, waren die ›Zaubertricks‹, die Magie des Puppentheaters.«
Bei Rames hielt man sich nicht an das Rollenbuch. Deshalb lernte Franca durch Vater Domenico, Mutter Emilia, mit Brüdern, Tanten, Onkels, Cousinen die Technik der Improvisation auf der Bühne, also Sprechtext und vor allem ›Pointen‹ auf der Grundlage eines Canevas (treatments) zu improvisieren. Franca lernte auch nie die typische Schauspielersprache, wie sie Schauspielern auf Akademien beigebracht wird. Bei Rames wurde Alltagssprache mit regionalen Anklängen gesprochen. So unakademisch wie die Aussprache war das Spiel, und das heißt, die großen Theater waren weder ein Vorbild, noch versuchte man sie zu kopieren.
Das Repertoire umfaßte alle bekannten und beliebten Tragödien, Komödien, Dramen und Farcen. »Die Frauen kamen an die Abendkasse und fragten: ›Spielt ihr ein Stück zum Weinen? Dann komm ich‹.«
1949, knapp 20 Jahre alt, verläßt Franca die Familie. Sie findet Arbeit beim Film. »Ich hatte nie eine vernünftige Rolle, ich sollte bloß immer die Nachtklubbesitzerin spielen.« Sie wird Revueschauspielerin bei den populärsten Theatergruppen. Ein Titelfoto befördert sie zur »italienischen Rita Hayworth« und sorgt für Mißrummel: »Ich war über Nacht berühmt, ohne etwas geleistet zu haben.«
1952 lernen sich Franca Rame und Dario Fo bei der Arbeit im Theater kennen. Fo hat ein paar Texte für Studententheater geschrieben und kaum Bühnenerfahrung. Er schreibt an seiner ersten Komödie. 1953 tritt sie in »Der Finger im Auge« zum erstenmal mit ihm zusammen auf. 1954 wird geheiratet (samt kirchlicher Trauung), 1955 kommt Jacopo Fo zur Welt. Seit der Zusammenarbeit in »Der Finger im Auge« verschmelzen ihre künstlerischen Karrieren zu einer einzigen. Die Arbeits- und Lebensbeziehung Rame-Fo nimmt ihren

Anfang. Das Familienunternehmen Fo–Rame wird gegründet. Die Vorstellungen sind meist im *Teatro Odeon* Mailand, in den folgenden Jahren werden die frühen Foschen Farcen, Einakter, Revuen gegeben. Die Komödien der Saison 1958/59 sind nach den alten Spielvorlagen und Rollenbüchern der Familie Rame verfaßt.
Von nun an spielt Franca Rame nicht nur die Hauptrolle, sondern genauso die Co-Komödiantin in sämtlichen Aufführungen der *Compagnia Fo-Rame*. Bei der Erarbeitung neuer Spielvorlagen fließt ihre Bühnenerfahrung ein, ihr Gespür für Rhythmus, Handlung, Dialoge, Sprache. »Ich bin Darios erstes Publikum.«

Franca Rame 1984: Laut Umfrage bekannteste Bühnenschauspielerin in Europa

Seit 1977 schreibt Franca Rame auch selbst Texte. Mit »Nur Kinder, Küche, Kirche« beginnt ein neuer Abschnitt ihrer Karriere. Über tausendmal führt sie die komischen und tragischen Monologe im In- und Ausland auf; was besonders für eine Schauspielerin ungewöhnlich ist. Gleichzeitig werden die Frauenszenen in zahllosen Ländern nachgespielt.
Franca Rame hat zu einem Text ein ganz zweckmäßig-funktionales Verhältnis, kein intellektuelles, sie setzt bei der Erarbeitung von Rollen vor allem ihre Bühnenerfahrung ein. Obgleich sie unzählige Rollen spielte, vermied sie, sich auf ein ›Charakterfach‹ festzulegen. Ihre Vielseitigkeit ist ablesbar an der Bandbreite der Frauengestalten, die sie im Lauf der Jahrzehnte vorstellte: Die Maria im *Mistero Buffo*; die alte sizilianische Mutter, die um ihren von der Mafia ermordeten Sohn weint; Medea; die einfältige Änea aus »Siebtens, stiehl ein bißchen weniger«; die ehrliche Antonia in »Einer für alle«; die gewitzte Arbeiterin in »Bezahlt wird nicht«. Sie erfindet für jede Rolle eine eigene Spielebene. Dabei hat sie ihre Fähigkeiten sowohl im dramatischen wie im komischen Fach bewiesen, und einen eigenen komischen Stil entwickelt, ein seltenes Fach für eine Schauspielerin.
In den letzten Jahren war Franca Rame oft auf Auslandstournee; Gastspiele in London, Finnland, BRD, in Spanien, Kanada, Südamerika.

Pressestimmen zu Franca Rames Auftritten:
»Die Rame ist dermaßen faszinierend, daß man sich vorstellen kann, wie Sarah Bernhardt wirkte ...« (*Scotsman*, Edinburgh).
»Die Rame ist ein Lichtblick für das Theater: Hinter ihrer beklemmend faszinierenden Erscheinung kommt eine hemmungslose moralisch-politische Agitatorin zum Vorschein, die Salz streut in die Wunde des europäischen Gewissens ...« (*Sunday Times,* London).
»FR beweist sich als große Schauspielerin. Sie verfügt über einen sehr individuellen, nicht ›theatertypischen‹ Vortragsstil, bar jeder Effekthascherei, und über eine beeindruckende Fähigkeit, mit dem Publikum zu kommunizieren« *(La Repubblica).*
»... in jenem kurzen, unter die Haut gehenden Monolog »Vergewaltigung« übertrifft sich die Schauspielerin an Ernsthaftigkeit, Mut und dramatischer Kraft ...« *(Corriere della Sera).*
Neben ihrer Arbeit als Schauspielerin und Autorin führt Franca Rame auch Regie. Sie gibt außerdem sämtliche Textbücher der *Comune* heraus, und ist die für alles verantwortliche Organisatorin, vom Vertragsabschluß bis zur Einstellung von Mitarbeitern und Schauspieler/innen.

Vom Volkstheater zum politischen Engagement

Das gesellschaftspolitische Engagement der *Comune* ist nicht denkbar ohne sie. Das Theater von Fo/Rame reagiert auf die politische Realität und greift in sie ein, ob es Bürgerrechtskampagnen sind, oder Volksbegehren (z. B. das zum Scheidungsrecht), ob es die Kämpfe der Arbeiter betrifft oder die Situation von Jugendlichen, Studenten, Frauen. Auf ein altes Dokument ihres Familienarchivs ist Franca Rame besonders stolz: Einen Dankbrief der Textilarbeitergewerkschaft von Novara aus den dreißiger Jahren. Die Rames hatten – während der faschistischen Ära – den Streikenden ihre Abendkasse gespendet.
Wegen ihres überzeugten politischen Engagements wurden Franca und Dario wie alle diejenigen, die sich direkt in soziale Auseinandersetzungen einschalten, angegriffen und »bestraft« für ihren persönlichen Einsatz. Mit Strafanzeigen und

Prozessen, bis hin zur Festnahme (Dario in Sassari) und zur gezielten Gewalt (gegen Franca, die 1973 Opfer eines faschistischen Überfalls wurde).
In der Saison 1983/84 spielt Franca Rame mit großem Erfolg bei Publikum und Kritik die »Offene Zweierbeziehung«. 1984/85 spielt sie in Dario Fos neuester Komödie die Rolle der Elisabeth I., nach eigener Aussage eine der schwierigsten weiblichen Rollen.

Versuch über Franca Rame in verschiedenen Rollen

Zur Uraufführung der »Elisabeth« fuhr ich Anfang Dezember '84 ins winterliche, von allen guten Badegeistern verlassene Riccione, einige Kilometer südlich von Rimini; mit vielen Fragen im Kopf während der Autofahrt mit meinem Mann, der angespannt schien und immer wortkarger wurde, je näher wir Rimini kamen; Fragen zur »Offenen Zweierbeziehung«; den Kassettenrecorder im Koffer.
Ich wollte Hintergrundmaterial sammeln nicht nur für das Rotbuch, auch für die Programmhefte deutschsprachiger Bühnen, die in nächster Zeit die »Offene Zweierbeziehung« aufführen, wollte Franca von den Premieren des Stücks in Kassel, Göttingen, Gießen Anfang Oktober berichten, vor allem sie ausfragen nach ihrem Leben als Schauspielerin, Autorin, Ehefrau, Mutter, nach ihrem politischen Selbstverständnis. Stattdessen sah ich drei Aufführungen der neuen Foschen Tragikomödie, verbrachte Stunden in der Bar und im Eßsaal der Albergo Augusto, wo die Premierengäste aus aller Welt untergebracht waren, sprach im Premierenrummel mit alten und neuen Bekannten, sah Franca allmorgendlich beim Besprechen des Posteingangs zu, in der Bar, während 2 Meter vor ihr Jacopo schlaksig die Taste am Telespiel drückte, immer umringt von einem Pulk Menschen, Journalisten, Übersetzer, Fotografen. Bis ich endlich am dritten Tag, Sonntag mittag, bevor wir Richtung Norden abreisten, alles an einem Tisch versammelt hatte: Franca, den Recorder, Dario und das Mittagessen. Ich erklärte, was ich wissen wollte, warum, und sie sagte: »Frag mich, was du willst. Hast du die Pressemappe

mit meiner Biografie?« Und zum guten Ende – wir waren in die Halle umgezogen, um dem dröhnenden Stimmengewirr, Besteck- und Tellerklappern zu entgehen: »Was fragst du so viel, du weißt doch alles von mir. Wir kennen uns ja ein Leben lang.«
Typisch Franca. Das war übertrieben. Sind 10 oder 12 Jahre ein Leben? Wie oft, wie selten habe ich sie in Mailand besucht oder bei Gastspielen die Gruppe begleitet? Kennengelernt hab ich sie Anfang der siebziger Jahre, als ich mich voll Begeisterung in die erste Fo-Übersetzung stürzte, unterstützt von italienischen Freunden – und kein bundesdeutscher Verlag zeigte Interesse an diesem kaum bekannten, typisch italienischen Autor.
Wie oft saß ich in ihrer Garderobe, sah ihr vor dem Auftritt beim Schminken zu. Fragte, während sie erzählte und konzentriert an ihrem Gesicht arbeitete, die weißblonden, seit 30 Jahren gefärbten Haare zurückgebunden, beobachtete, wie sich ihr blasses, scheinbar altersloses Mädchengesicht zum Theatergesicht veränderte (während Dario meist im Foyer stand, den Zuschauerfluß im Auge, auf der Suche nach bekannten Gesichtern).
Francas leichter Silberblick erinnert mich wieder an Fotos von ihr aus der Zeit der 50er, 60er Jahre, durch die ein Hauch von Revue weht mit Ballkleidern, Pelzen, und Dario im Smoking. Damals trug sie ständig diese schmale dunkle Brille, weil eine Schauspielerin, die zur »italienischen Rita Hayworth« avanciert war, sich nur schämen konnte, wenn sie schielt. Gehemmt und schüchtern war sie, wagte den Mund in Gesellschaft nicht aufzumachen: »Diese Komplexe verdankte ich der strengen Erziehung durch meine Mutter.«
Ein Leben von Theatersaison zu Theatersaison. Ihre Schwangerschaft: Eine Saison Spielpause. »Ein paar Jahre lebten zwei Cousinen von Jacopo bei uns, da waren wir eine richtige Familie.« Typische Frauenjahre mit »Nur Kinder und Küche« (wie ich) hat Franca nicht gelebt. »Ich habe Glück gehabt«, sagt sie. »Wir haben lediglich ein Jahr pausiert, als die Kinder von der Grundschule in die Mittelstufe kamen, um sie bei diesem Schulwechsel zu begleiten. Anschließend haben wir die Arbeit wieder aufgenommen. Was wäre ein Leben ohne Arbeit?«

Schutzengel des Hauses

Der politische Aufbruch der sechziger Jahre bedingte die Abkehr der Fo-Rame-Truppe vom bürgerlichen Kulturbetrieb, brachte die Gründung des Theaterkollektivs *La Comune*. Er verändert Franca Rames Rolle. Nun organisierte sie neben dem Haushalt in Mailand ein Büro, begann ein Archiv ihrer Theaterarbeit anzulegen, engagierte sich bei Arbeitskämpfen oder lieferte ideologische sowie materielle Unterstützung bei den Kampagnen der »Roten Hilfe«. Sie rieb sich auf zwischen Beruf, politischer Arbeit, Privatleben. Aus den damaligen Erfahrungen begann sie ein Schauspiel über die Lebensbedingungen von Frauen zu schreiben, Dabei scherte sie sich nicht sehr um feministische Theoriebildung, sondern packte viel mehr am eigenen Leib erfahrene Widersprüche an.

Ich fragte: Vor Jahren hast du einmal gesagt, auf der Bühne reiße ich den Mund groß auf, aber zu Hause verhalte ich mich ganz traditionell.

»Gewiß, ich betrachte mich nicht als befreite Frau. Du mußt bedenken, welche Kultur wir mit uns herumschleppen. Was hat mich meine Mutter gelehrt? Die Frau hat, Anführungszeichen, der Schutzengel des Hauses zu sein. Wohin das führt, kannst du an folgender Geschichte sehen: Wir hatten das traditionelle Theater verlassen, machten diese Wahnsinnsarbeit mit den Volkskulturhäusern, also ich arbeitete rund um die Uhr, und hatte gleichzeitig noch meinen Haushalt. Da sagte ich – und das war pure Demagogie, das war Dummheit! – ich kann doch nicht in die besetzten Fabriken gehen, und wenn ich zu Hause ankomme, macht mir die Haushälterin das Essen! Ich entließ also das Personal – wir hatten ein Ehepaar, die Frau war für die Kinder zuständig – und was tat ich? Einkaufen, Geschirrspülen, Wäschewaschen ... ich rotierte wie eine Verrückte. An diesem Punkt sagte ich: Wieso stehe ich eigentlich tagtäglich auf der Bühne und mache mich stark für die Befreiung der Frau, und zu Hause bin ich total angebunden und eingesperrt. Ich hab dann ein Schild geschrieben: Ab heute muß jeder, der essen, saubere Unterhosen, ein gemachtes Bett haben will, dafür selbst sorgen. Seitdem hat sich in meiner Familie enorm was verändert. Und heute kommt es vor, daß ich Dario anrufe und sage: Wäscht du mir, solange das Wasser noch läuft, rasch ein Paar Strümpfe durch?«

»Ich betrachte mich nicht als befreite Frau«
Seit sie die ersten vier Szenen von »Nur Kinder, Küche, Kirche« aufführte (1978), sind 6 Jahre vergangen. In dieser Zeit zog sie mit »Eine Frau allein« bis »Medea« durch die Lande und Länder, spielte jede Woche vor meist ausverkauften Sälen und Hunderttausenden von Zuschauer/innen, diskutierte vorher oder nach der Aufführung noch mit dem Publikum, informierte über Knastarbeit oder redete mit den politischen Gruppen der Gastspielorte.

Jahre, die für Franca auch ein Höhepunkt ihrer Karriere sind, und die ihr Bewußtsein verändert haben. Als ich ihre Biografie durchlas, die Biografie einer Frau Ende 50, fiel mir auf, mit welchem Nachdruck sie heute auf ihren Anteil im Theater Dario Fos verweist. Zweifellos haben Spielerfahrung und Tradition, die sie in diese Zweierbeziehung einbrachte, nicht nur die frühen Fo-Farcen geprägt; Versatzelemente sind sicher bis hin zur Situationskomik der »Offenen Zweierbeziehung« aufspürbar. Und zu Francas Familienmitgift gehört besonders die Vorrede des Schauspielers an das Publikum, in der die Thematik des Stücks angerissen wird und seine historisch-politische Dimension. Wenn Franca sagt: »Ich bin Darios erstes Publikum«, so heißt das, ihr Lob, ihre Kritik beeinflussen sowohl Inhalte wie Konstruktion der Ideen und Entwürfe, die Dario ihr vorträgt.

»Der Kritiker in der Vorstellung sieht nur, daß ich eine wichtige Rolle spiele. Was hingegen nicht sichtbar wird, und was ich beanspruche und einklage, ist die Arbeit am Text. Stell dir vor, Dario liest dir einen Text vor, und du sagst großartig, und dann gute Nacht! Du kannst ihn auch kritisieren, aber das kostet Überwindung, also lobst du ihn. Das kann ich nicht gutheißen: Ich lasse nie locker! Heute zum Beispiel hat er kurz vor Probenbeginn den Aufführungstext der ›Elisabeth‹ so gekürzt, wie ich vorgeschlagen hatte. Anfangs wollte er absolut nichts davon wissen. Stell dir vor, er hat insgesamt mindestens 60 Seiten weggeschmissen. Die ›Elisabeth‹ war ja schon vor zwei Jahren fertig. Damals sagte ich, es ist eine hervorragende Arbeit, eine richtige Doktorarbeit über Shakespeare, elisabethanisches Theater, über Elisabeth I., – aber Theater ist das nicht. Da hat er es weggelegt und nicht wieder angerührt. Auf diese Art stürze ich ihn in eine schreckliche Krise. Bevor ich

also kritisiere, frage ich oft: ›Wie fühlst du dich heute, hast du einen schlechten Tag?‹ – damit ihm nicht wegen mir ein Text mißlingt. Dieses Jahr hat er die Elisabeth dann wieder vorgeholt, hat das Unterste zu oberst gekehrt, und nun führen wir sie auf.«
Dario Fo: »Sie ist, was ihr Auge, ihr Ohr fürs Theater angeht, geradezu ein Monstrum.«

Jahrelang sind Franca und Dario meist getrennt, ab und an auch nacheinander an einem Theaterabend mit Ein-Personen-Stücken aufgetreten. »Elisabeth I.« ist die erste Mehrpersonenkomödie seit »Hohn der Angst« (1980), in der das Komödiantenpaar wieder gemeinsam auftritt, allabendlich im vollbesetzten *Teatro Tourismo* in Riccione. Franca in der tragikomischen Hauptrolle, während Dario – auch dies ein Novum – in der Kleiderrolle der *Donnazza* das verrückt-weise Hexenweib aus dem Volk verkörpert. Fasziniert beobachte ich, wie das Paar Rame/Fo in jeder Geste, jedem Laut, jedem Wort aufeinander eingespielt ist und aufeinander reagiert. Eine Voraussetzung, die ihnen ermöglicht, bei jeder Aufführung zu verändern, zu improvisieren, neue *lazzi** zu erproben. Als ich am Sonntag darüber spreche, lobt Dario Franca: Sie sei die einzige italienische Schauspielerin, die diese Rolle spielen könne.

»Ehefrau bleibt Ehefrau«
Häufig hat Dario sie oder Franca ihren Ehemann bei Gastspielen begleitet. Dario umsorgt sie dann, lobt sie, versäumt keinen Auftritt, er notiert, meist direkt vor dem Podium sitzend, jede Veränderung im Text und jede veränderte Publikumsreaktion. Mir kommt eine Vorstellung im Westberliner »Tempodrom« im Herbst '83 in den Sinn. Die erste Hälfte des Abends bestritt Dario mit der »Tigergeschichte«**, nach der Pause trat Franca auf mit »Eine Frau allein«, »Mutter« und »Vergewaltigung«. Es war nicht einfach für sie, das Publikum, das immer wieder in Begeisterungsstürme für Dario ausbrach, einzustimmen auf ihr Programm und die Frauen-

*Der *Lazzo* war der Slapstick der *Commedia dell'arte*
**Dario Fo, Geschichte einer Tigerin, Basis Verlag, Berlin 1981

szenen. Anfangs reagierte ein Teil des Scenepublikums reserviert. Vielleicht war ja der Sprung von den Lehren aus der chinesischen Kulturrevolution in der Tigergeschichte zum naheliegenden Frauenalltag ein wenig desillusionierend.
Als ich sie nach ihrem Leben als Schauspielerin und Frau neben diesem nationalen Monument Fo frage, verbessert sie: Ein internationales Monument ist er!
»Es gibt da einen berühmten Satz, den ich immer anbringe: Wieso kriegen eigentlich so wenig Frauen den Nobelpreis? Weil sie keine Ehefrau haben, die ihnen alles abnimmt. Mein Tageslauf ist diesem Monster gewidmet!«
Das ist keinesfalls übertrieben. Dario, so erzählt sie mir, hat keine drei Schecks unterschrieben in seinem Leben. Und wer öffnet die Briefe – inklusive Verehrerinnenpost? Franca. Wer nimmt das Telefon ab, wenn es läutet – und es läutet den ganzen Tag? Franca regelt alles, was ihn vom Dichten, Denken und Spielen abhalten könnte – und er hat diese Rolle, ein umsorgter Mann zu sein, akzeptiert.

»Ich bin eine alte Dame«

Sie sind aufeinander angewiesen, bei der Arbeit wie im Tagesablauf. Kein Stück ohne eine Rolle für Franca, kein Auftritt von ihr wie von ihm ohne Kritik und Regie des Partners. Dabei erkennt sie neidlos seine Einmaligkeit als Schauspieler an. Zu Recht will sie sich nicht vergleichen lassen. Sie hat in den Jahren eine ganz eigene Sprach- und Körpergestik entwickelt. Aber immer wieder hat sie die Mißachtung ihrer Person als Frau eines berühmten Mannes gespürt. Jetzt sagt sie, wenn sie sich vorstellt auf der Bühne: »Ich bin eine alte Dame, ich brauche keine Karriere zu machen.« Dieser Satz ist natürlich eine *battuta,* das heißt eine Pointe, die das Publikum garantiert mit Lachen belohnt. Schließlich ist sie nichts weniger als der Prototyp einer alten Dame, die sie gewiß spielen könnte, wenn sie nur wollte, und außerdem braucht sie als Schauspielerin Beifall, Anerkennung, Erfolg wie der Fisch das Wasser. Darüber hinaus signalisiert der Satz auch einige Widersprüche zwischen Bauch und Kopf, zwischen Anspruch und Realität, die nicht nur Franca in sich trägt und ausspricht, sondern die sie auch in ihrer Lebenssituation und der Gesellschaft erkennt. Sie redet heute ganz offen über Verletzungen oder

Kränkungen, die sie als Frau mit den Jahren einstecken mußte. Ihre Äußerungen zeigen auch, daß es ihr wie vielen begabten Frauen ergangen ist, die eine solche Symbiose eingegangen sind – bei der »die künstlerischen Karrieren von beiden zu einer einzigen verschmelzen« (nämlich zu der des Mannes) – immer wieder wird sie als unbedeutendes Anhängsel, oder bestenfalls als SEINE gelehrige Schülerin wahrgenommen. Das ist ihre erfahrene subjektive Wahrheit, ihre Realität, die nicht übereinstimmen muß mit dem Bild, das ein Außenstehender gewinnt, zumal dann, wenn sie ›alleine‹ auftritt.

»Wenn ich an die heißen Jahre des Feminismus zurückdenke«, sagt Franca, »an diese feministisch angehauchten Frauen in ihren Schlabberröcken, wenn die in die *Palazzina Liberty* kamen, und ich war vielleicht gerade beim Kehren, oder verkaufte Eintrittskarten, dann fragten die garantiert: Wo ist Dario?«

»Ich interessierte sie nicht, die fragten nicht etwa, sag mal, du bist doch so eine berühmte Schauspielerin, warum stehst du eigentlich hier und fegst oder verkaufst Getränke oder Platten und Bücher? Nichts. Sie wollten zu Dario! Und gerade von ihnen hatte ich das nicht erwartet.«

»Deshalb hab ich sie dann später, wie sie nach meinem Erfolg mit ›Kinder, Küche, Kirche‹ ankamen und mich interviewen wollten, weggeschickt. Nein! Geht doch zu Dario, hab ich gesagt! In all den Jahren, in denen ich mich beinah umgebracht hab mit den unglaublichsten Arbeiten, habt ihr mich nie wahrgenommen. Das ist ein Mangel an Achtung! Geht zum Teufel!«

»Wenn man immer mit einer Person wie Dario zusammen ist, dann kann man nur lachen, wie ich seit 30 Jahren, oder man geht zu Grunde.

Manchmal werde ich sauer, wenn die Leute so unsensibel, so grob sind, und sagen: Naja. Sie ist halt die Frau von ihm. Ein Ding, das neben ihm steht. Die gibt's eben. Man würde bestimmt anders mit mir umgehen, wenn ich nicht seine Frau wäre. Mit diesem Zustand lebe ich, ich habe ihn akzeptiert, denn ich kann ihn nicht ändern. Du weißt ja, ich sammle jedes und alles, ich führe ein Archiv – jetzt lobe ich mich wieder! – da hab ich eine Liste, die überschrieben ist: Francas Demütigungen. Du lachst? Du weißt was ich meine. Sie sind mir zugefügt worden. Ich bin unendlich oft gekränkt worden. Wenn ich nicht seine Ehefrau wäre, sondern irgendeine Schauspielerin, dann hätte ich bestimmt größeren Freiraum.«

»Aber du mußt wissen, dieses Leben für und mit dem Theater habe ich mir nicht ausgesucht. Ich wuchs in diesem Ambiente auf, und als ich erwachsen war, hatte ich diesen Beruf und blieb dabei. Die Leute glauben mir nicht, wenn ich immer wieder sage: Ich liebe das Theater und diese Arbeit nicht. Ich steh viel mehr hinter der Knastarbeit, der Arbeit mit Drogenabhängigen, oder auch hinter der organisatorischen Arbeit, Büro, Pressearbeit, Bücher, Schallplattenherstellung, Vertrieb.«

Ich erzählte Franca, daß Doritt Cadura-Saf festgestellt hat, unter den herrschenden Verhältnissen älter zu werden, sei für eine Frau ein Skandal. Ich frage, ob ihre ›Kränkungen‹ mit dem Älterwerden zusammenhängen.

»Natürlich. Aber das ist ein gesellschaftliches Problem. Ein Mann kann häßlich sein, dick, unförmig, faltig, was du willst: Aber er bleibt immer ›männlich‹. Für eine Frau ist eben alles schwieriger. Es sei denn, es gelingt ihr, sich eine Autonomie aufzubauen, einen genau umrissenen Kreis ...«

»Ich bin die, die ich bin, ich bin das wert, was ich bin. Ich habe immer etwas für mich erreicht.«

»Ich kann bloß nicht haben, wenn man mir noch meine Arbeit klaut. Du weißt ja, die ›Rote Hilfe‹ gehört zu mir, da hab ich mich reingekniet, zigtausend Stunden reingesteckt, mir die Zeit abgeknapst ... und dann ging das los, bei der Amerikareise im September: Dario Fo darf wegen der ›Roten Hilfe‹ nicht in die USA einreisen. Wo er sich nie gekümmert hat! Sogar das bißchen, was du geleistet hast, wird dir noch weggenommen. Er ist eben der große Star, deshalb stehen sämtliche Lorbeeren ihm zu. Aber das ist unwichtig. Am Ende sind wir doch alle gleich.«

Die Rote Hilfe

Freitag nacht; Premierenfeier. Ein meterlanges, Augen und Gaumen reizendes kaltes Buffet ist hergerichtet. Während dem Essen zeigt uns Franca die ersten, noch druckfrischen Exemplare einer Dokumentation. Ich erinnere mich an eine

von ihr organisierte Veranstaltung der »Roten Hilfe«, 1980 in Mailand. Da wurde über den Fall Buonoconto berichtet.
Am Sonntag schildert Franca, wie das Buch entstand, wieviele Stunden Nachtruhe sie opferte, beim Entziffern der Tagebücher von Albertos Mutter Virginia. Hunderte eng bekritzelter Seiten. Wie sie dann eigene Texte schrieb – »Ich bin ja keine Schriftstellerin!« – für dieses ›Erinnerungsbuch‹, um das eine Mutter sie nach dem Tod ihres Sohnes gebeten hatte. Die Dokumentation hat sie Staatspräsident Pertini gewidmet.
Alberto Buonoconto (1953-1980), gehörte in Neapel den NAP an.* Die NAP war eine Bewegung proletarischer Ex-Häftlinge. Sie hatten sich in den überfüllten, menschenunwürdigen Gefängnissen Süditaliens, des *Mezzogiorno*, politisiert. Man entließ sie aufgrund der *Legge Valpreda*, das die Untersuchungshaft auf 3 Jahre eingegrenzt hatte. Buonoconto wurde aufgrund seiner Gruppenmitgliedschaft eingesperrt.
»Ich habe mich um ihn gekümmert, seit Buonoconto 1975 inhaftiert wurde. Glaub mir, dieser Junge hatte nichts verbrochen im Gegensatz zu den meisten anderen Gefangenen. Er war lediglich Mitglied bei dieser NAP-Gruppe geworden.
Als er im Knast krank wurde, rief seine Mutter mich an, weil sie wußte, daß ich eine Menge Aktionen gemacht hatte. Wir organisierten eine Kampagne für seine Freilassung. Schließlich wurde seine Entlassung angeordnet, denn er lag dauernd nur auf dem Bett, verlor an Gewicht, er schlich rum wie ein Muselmann. Dann kam er raus und war nach einem Jahr tot.
Als er entlassen wurde, mußte ihn der von uns beauftragte Arzt stützen. Alberto weigerte sich, ein Dokument zu unterschreiben, das für seine Entlassung notwendig war. Er war total durchgedreht und sagte: ›Ich werd' doch meine Genossen nicht verraten ... warum muß ich raus aus dem Knast und die anderen bleiben drin?‹ Also ging er, am Arm des Arztes, ohne unterschrieben zu haben. Er wog noch 50 Kilo. Zu Hause, bei seiner Familie, hat er sich dann seine Zelle rekonstruiert – weil seine Zelle der einzige Ort war, wo er sich sicher fühlte. Stell dir vor, wie fertig der war. Sein Gehirn war zerstört. Und dabei gab es damals noch nicht diesen Wahn-

***Nuclei proletari armati* (Bewaffnete proletarische Zelle)

sinn mit den Hochsicherheitsknästen. Sie waren noch nicht so perfektioniert. Nach einem Jahr hat er sich erhängt. Er war ein Opfer; man hat ihn umgebracht.«

Francas Engagement in der »Roten Hilfe« begann 1969 nach dem Attentat auf der *Piazza Fontana* Mailand mit der Verhaftung Valpredas, den sie kannte, und von dessen Unschuld sie überzeugt war. Über den politischen Skandal und dessen Opfer Pinelli und Valpreda schrieb Dario Fo sein Stück »Zufälliger Tod eines Anarchisten«. Franca hat sich seitdem für einige Hundert Gefangene eingesetzt – für politische so gut wie ›normale‹ – das heißt unzählige Einzelfälle publik gemacht, Angehörige unterstützt, Journalisten, Senatoren, Abgeordnete mobilisiert gegen die unmenschlichen Überlebensbedingungen in italienischen Gefängnissen und Todestrakten.

1979 machte ihr Vermittlungsversuch mit dem Ziel, das Leben des entführten Aldo Moro zu retten, Schlagzeilen. Damals besuchte sie auf Veranlassung des Justizministers die führenden Mitglieder der ›Roten Brigaden‹ im Turiner Hochsicherheitsgefängnis. Die Unterredung scheiterte an dem politischen Dissens zwischen inhaftierten Brigadisten auf der einen und den Entführern auf der anderen Seite. »Seitdem hat man mir keine Besuchserlaubnis mehr erteilt.« In der Folge wurde eine beispiellose öffentliche Hetzkampagne gegen Franca als ›Terroristenliebchen‹ inszeniert.*

Inzwischen hat sich, nachdem Italien 1980 sein »Antiterrorismusgesetz« bekam, die Zahl der Sicherheitsgefängnisse vervielfacht, während sich die Zahl der wegen politischer Vergehen Inhaftierter mehr als verdoppelte: Ende 1984 sitzen rund 5000 politische Gefangene ein. Die meisten, nämlich 4000 von ihnen, warten auf ihren Prozeß oder ihr Urteil. Da die Untersuchungshaft derzeit bis zu einem Höchstmaß von 10 Jahren und 8 Monaten rückwirkend verlängert werden kann, ist die Zeitdauer dieser Vorbeugehaft praktisch unbegrenzt.

»In den vergangenen 4 Jahren, also seit diese tierische Repression herrscht, ist der Spielraum dafür, eine Öffentlichkeit herzustellen für die Situation in den Gefängnissen immer kleiner geworden. Die Presse veröffentlicht absolut Null von mir,

*Einzelheiten sind im Nachwort von P. O. Chotjewitz zu »Hohn der Angst« nachzulesen.

ausgenommen *il manifesto*, wo ich im Frühjahr eine zweiseitige Dokumentation machen konnte.«*
Früher habe ich ja nach der Vorstellung immer noch mit den Zuschauern über die Knastfrage diskutiert. Heute spüre ich überall Ablehnung. Ich versuche weiterzumachen, klage öffentlich an, gebe finanzielle Unterstützung – aber mehr ist nicht machbar.«

Eine Mutter

Die Monologe »Eine Mutter« und »Die Vergewaltigung« entstanden zeitlich vor der »Offenen Zweierbeziehung«. In den vergangenen zwei Jahren bildeten die beiden neuen Szenen meist den Schluß von Francas abendfüllenden Programm, während sie als Eingangsstück »Eine Frau allein« spielte. Die »Mutter« verarbeitet ihre Erfahrungen im Umgang mit Inhaftierten und deren Angehörigen.
»Weißt du, daß sich die Eingangsszene tatsächlich so abgespielt hat, daß eine Frau aus dem Fernseher erfuhr, daß ihr Sohn Terrorist ist. Die Familie saß gerade beim Essen, sie waren absolut ahnungslos – und von diesem Punkt aus haben wir den Text entwickelt.«
Aufgeschreckt analysiert diese Mutter ihr Leben, um herauszufinden, ob und welche ›Erziehungsfehler‹ sie bei ihrem Kind beging, fühlt sich schuldig, weil ihr Sohn sich anders als geplant und erhofft entwickelt hat. Fo/Rames »Mutter« muß feststellen, daß eine verfehlte Politik, auch ein Versagen der 68er Generation, ihren Sohn zum Terroristen hat werden lassen. Sie erwürgte ihr Kind, zur Kollaboration mit der Justiz gezwungen, im Alptraum einer Gerichtsverhandlung.
Eine Rolle spielt in diesem Text der *terrorista pentito*, den man unscharf eindeutschen könnte als italienische Version des ›Kronzeugen‹. Bis heute haben rund zweihundert Terroristen bereut, und das heißt, oft seitenlange schriftliche Geständnisse abgelegt, die in den vergangenen Jahren wahre

*Ein internationaler Appell an Intellektuelle und Künstler. Die Unterschriften sollen Staatspräsident Pertini überreicht werden. »Il manifesto« vom 22. 3. 84.

Verhaftungswellen zur Folge hatten. Auf meine Bitte, den Begriff zu erläutern, antwortet Franca:
»Dieser Ausdruck ist irreführend. Für mich ist ein reuiger Terrorist ein gemeiner Verräter. Bereuen ist ja ein katholischer, hierzulande erfundener Terminus. Eine Tat kann bereut werden, ich bringe dich um, und später bereue ich meine Tat. Hier jedoch wird Reue daran gemessen, wieviele Leute einer verrät, denunziert. Es wurden also Jungen und Mädchen verhaftet, die ehrlichen Herzens bereuten, was sie getan hatten. ›In Ordnung‹, sagte man denen, ›also pack aus. Wieviele Leute kannst du belasten?‹ – ›Ich wurde bei meiner ersten Aktion erwischt, kannte keinen von denen ...‹ wie es in meinem Stück heißt. ›Soll das heißen, du kannst keine Namen nennen? Gut, bleibst du im Knast‹ Verstehst du? Da wird keine Reue verlangt, sondern du sollst zum Verräter werden. Je mehr Personen einer dem Staatsanwalt ausliefert, desto mehr Vergünstigungen kriegt er. Infolgedessen gibt es Leute, die jemand umgebracht haben und auf freiem Fuß sind.«
»Mit diesen Methoden ist die Würde eines Staates, der sich ›bürgerlich und demokratisch‹ nennt, auf ein primitives Niveau gesunken. Als man zum Beispiel die von *Prima Linea* zwang, Verräter zu werden, um Geld, Papiere, Freiheit zu erlangen, ist die Menschenwürde mißachtet worden.«
»Der Staat hat zuerst den Terrorismus hervorgebracht, und dann den Antiterrorismus samt den reuigen Terroristen, und das ist eine Schande.«
»Ich kenne einen Vater und eine Mutter, als die erfuhren, daß ihr Sohn Leute auslieferte, da sagten sie sich von ihm los. ›Ich schäme mich‹, sagte der Vater, ›ich will keinen Kontakt mehr mit dir‹.«

Bei Aufführungen, die ich in Italien sah, verfolgte das Publikum den Monolog »Eine Mutter« mit großer Spannung, ja Betroffenheit. Drei-, viermal wurde zwischendurch demonstrativ geklatscht, wenn Repressalien benannt, oder der Vorwurf der Folter erhoben wurde. Auch bei Erwähnung von Artikel 90: Dieser gibt dem Justizminister grünes Licht, in jeder Haftanstalt die geltende Gefängnisordnung für eine bestimmte Zeit außer Kraft zu setzen, wenn Sicherheit und Ordnung dies erfordern.

Eine streckenweise ›heroische‹ Figur ist diese Mutter, entworfen nach ihren leibhaftigen Vorbildern in Italien, der BRD oder Lateinamerika, mit ihrer bewundernswerten kämpferischen Kraft, die Frauen häufig entwickeln, um ihren mit Gesetz, Ordnung oder Staatswillkür in Konflikt geratenen Kindern zu helfen. Ich denke an Virginia Buonoconto, die, wie Franca erzählte, einen starken Willen hatte, ihrem Sohn zu helfen. Der ersten Hausdurchsuchung stand sie noch völlig hilflos gegenüber, begriff nicht warum. Später trat sie in öffentlichen Veranstaltungen auf und berichtete über Schikanen wie ständige Verschubung, ungenügende medizinische Versorgung, über Mißhandlung von Inhaftierten in italienischen Haftanstalten.

Dazu Franca: »Ich habe lange über das Thema nachgedacht, bis ich Dario aufforderte, einen Text über die Mutter eines Terroristen zu schreiben. Ich wandte mich an ihn, wie man sich an den Bäcker wendet und 5 Kilo Brot verlangt. Ich brauche das unbedingt, sagte ich.«
»Die Herstellung war schwierig. Dario zeigte mir seinen ersten Entwurf, ich hatte Einwände, er nahm den Text wieder vor, schrieb ihn neu, dann nahm ich das Ganze und schrieb eine neue Fassung, er schrieb wieder um, und dann ging ich damit auf die Bühne. Dieser Text ist permanent erarbeitet worden.«
»Die Mutter ist eine ungemein schwierige Rolle, weil sie zu dreiviertel eine Art innerer Monolog ist, der laut gesprochen wird. Schwierig ist, die Spannung spürbar zu machen, unter der diese Frau steht, obgleich alles ganz emotionslos vorgetragen wird. Erst viel später, wenn sie anfängt, vom Knast und von dem Drogenabhängigen zu erzählen, wird daraus wieder eine theatergerechte Spielvorlage.«

Die Vergewaltigung

»Das letzte Stück der Vorstellung ist ein authentisches und erschreckendes Stück. Ich widme es dem Abgeordneten Casini«, endet die Vorrede.
Franca nimmt die Zensur, die mit scheinheiligen Argumenten

gegen ihre öffentliche ›Vorstellung‹ von Vergewaltigung zuschlug zum Anlaß, gegen ein unzulängliches, frauenfeindliches Gesetz über sexuelle Gewalt zu polemisieren, und den massiven Protest organisierter und autonomer Frauen dagegen zu unterstützen.
Casini ist *der* berühmt-berüchtigte Abtreibungsgegner, Christdemokrat, engagiert bei der von der Kirche gesponsorten ›Bewegung für das Leben‹, die bei uns ›Pro Vita‹ heißt. Kurz, eine rechte Symbolfigur für die seit Jahren verschleppte Reform des italienischen Sexualstrafrechts. Er wollte das alltäglich gegen Frauen verübte Verbrechen »Vergewaltigung« definiert wissen als einen Verstoß gegen die Moral und die guten Sitten; er setzt Vergewaltigung dadurch gleich mit einer ›Würde und Anstand‹ verletzenden Vorführung des neuesten Videopornos im Hinterzimmer der Wirtschaft ›Zur Schönen Aussicht‹.
Gegen solch zynische Verharmlosung setzt Franca Rame die ›Authentizität‹ ihrer Lebenserfahrung. Sie rekonstruiert auf der Bühne in Großaufnahme Gewalt, die sie am eigenen Leib erlitt. Sie war persönlich Opfer eines faschistischen Anschlags geworden.

Rückblick: Das Jahr 1973

Anfang der siebziger Jahre führt das Theaterkollektiv *Comune* Schlag auf Schlag innenpolitisch brisante Texte auf, die aus aktuellem Anlaß entstanden, unter anderen das Pinellistück*, den »Anarchisten«; einen Versuch über das mysteriöse Ende Giangiacomo Feltrinellis; »Peng Peng – Wer da? – Die Polizei!«
Die Kommunarden mit ihrer weitverzweigten Kulturorganisation gelten bis weit ins Lager der gemäßigten bürgerlichen Intellektuellen als gefährliche Umstürzler und ziehen sich den offenen Haß der italienischen Rechten zu. Die außerparlamentarische Opposition strömt in die überfüllten Aufführungssäle. Justiz und Polizeiapparat reagieren auf die Einmischung eines Theaters in die Tagespolitik mit Auflagen, Strafanzeigen, Auftrittsverboten. Die meisten Aufführungen

*Zufälliger Tod eines Anarchisten

müssen wegen Bombendrohungen unterbrochen werden. Vor Beginn der Vorstellung werden die Besucher im Foyer abgetastet, Franca und Dario Fo werden zu Zielscheiben von Verleumdungskampagnen der rechtskonservativen Presse. Ein Richter will wegen »subversiver Tätigkeit der Roten Hilfe in den Gefängnissen« ein Ermittlungsverfahren in Gang setzen. Die Illustrierte *Gente* titelt: »Worauf wartet der Staatsanwalt noch, um Franca Rame zu verhaften?«

Im November 1973 wird Dario Fo kurz vor Beginn einer Aufführung von »Volkskrieg in Chile« in Sassari (Sardinien) für einen Tag festgenommen und in den Knast geschickt, weil er sich weigerte, zu den Proben die Polizei zuzulassen.

Gegen Franca haben die Faschisten schon im Frühjahr 1973 mit einer bis dato in Italien unbekannten Brutalität zugeschlagen. Sie wird in Mailand auf offener Straße von mehreren Männern in einen Laster gezerrt, mißhandelt, gefoltert und anschließend aus dem Wagen geworfen. Die Täter wußten, daß sie sich telefonisch beim Friseur angemeldet hatte. Sie wurde erwartet. Danach ruft sie bei Dario an, versteckt sich in einem U-Bahneingang, bis er endlich kommt, sie zittert, weint, blutet, hat Schnittverletzungen und Brandwunden im Gesicht und am Oberkörper. Solidaritätsbezeugungen und -veranstaltungen überschwemmen sie fast. Es kommt zu einem Prozeß, aber der Schock sitzt tief. Seitdem geht sie nur ungern allein aus dem Haus.

1974 schreibt Dario Fo in »Balladen und Lieder« eine Widmung für seine Frau:

143 Lieder geben einen schönen Gesang
eine große Serenade
nun gut ihr Genossen, erlaubt mir
daß ich diese Serenade meiner Genossin darbringe
ja, Franca.
Ihr, die immer wieder
im Schatten stand
wenn sie uns begleitete
wenn sie uns vorsagte
und »AUF!« zu uns sprach
wieviel mal hat sie
den Dreck eimerweise, statt meiner

abgekriegt, für uns, Genossen der Comune
wie oft hat sie sogar geschafft zu lachen und zu rufen:
»Danke, die Abkühlung hat mir gefehlt, sie macht mich stark,
die führt uns in die Realität unseres Kampfes zurück.«
Für Franca, die alleine mehr gab,
Genossen der Comune, als wir alle zusammen
wollen wir singen.

Zeuginaussage

Das Gespräch wird unterbrochen, der Tisch wird abgeräumt, jemand ruft Franca ans Telefon, Dario geht vor ins Theater und verabschiedet sich: Bitte denk dran, Franca muß noch ihre Rolle lernen. Keine Sorge, entgegnet sie. Auf dem kunstledernen Sofa in der Hotelbar, einen Kaffee auf dem Tischchen, gebe ich Franca Feuer. Sie macht eine Bewegung, die ich schon kenne; weicht zurück mit dem Kopf, mit dem Oberkörper steif nach hinten weg; über der Nase senkrechte Falten; die linke, seit einem schweren Unfall etwas schmalere Hand hält sie vor ihr Gesicht, um Distanz zur Feuerzeugflamme herzustellen.

Vor Jahren in Köln, beim Frauentheaterfestival 1980, war diese ruckhafte, abweisende Geste stärker ausgeprägt; ich begriff nicht, fragte sie dann, was ich falsch gemacht hatte. Damals sprach sie zum erstenmal über diesen Gewaltakt, den gemeinen Überfall, der gezielt gegen sie geplant war, und Dario Fo treffen sollte.

Sie habe, sagt sie, nie über den Ablauf dieser Stunden sprechen können, auch Dario nichts erzählt, und er seinerseits habe keine Fragen gestellt. Ein Jahr danach habe sie versucht, darüber zu schreiben. Jahre später übergab sie, als die »Aussage einer Frau«, der Frauenzeitung einen szenischen Einfall den sie heute – der Text ist kaum verändert – aufführt.

Die Erzählung der »Vergewaltigung« trägt sie sitzend und stehend ganz unpathetisch vor, jede einfühlende, zur Identifikation einladende Stimmlage, jeden naturalistischen Anklang vermeidend.

»Beim Festival in Edinburgh … Du weißt, ich komme zusammen mit Dario an, also einem bedeutenden, berühmten Mann

– und eine Ehefrau ist eben bloß eine Ehefrau –, da ging ich ziemlich nervös auf die Bühne. Für mich bleibt die Präsenz auf der Bühne immer ein Trauma, weil ich mich vorstellen muß. Und dieses Stück nimmt mich immer ziemlich mit. Dann hat die Kritik ganz überschwenglich auf meinen Auftritt reagiert!«

»Es ist nichts einfacher, als die Szenen falsch zu spielen, mit viel Emphatik, oder zu weinen. Ich glaube, die Bewunderung dieser Leute, die mich ja nicht kannten, verdanke ich meinen ernsten, dramatischen Rollen.«

»Diese Anerkennung verdanke ich meiner Meinung nach nicht den komischen Rollen, obgleich es falsch ist, daß die Leute denken, es sei einfacher, jemand zum Lachen zu bringen als zum Weinen. Bei beidem ist am wichtigsten, das richtige Maß zu kennen und zu halten, ohne zu übertreiben.«

Offene Zweierbeziehung

Das Italienische kennt die *coppia chiusa*, das geschlossene, sprich feste Paar, dessen Gegenstück folglich das »offene Paar« der sechziger Jahre ist. Meinem deutschen Titel fehlt leider der Wortwitz. Wörtlich übersetzt schufen nämlich Fo/Rame, das offenste Paar des italienischen Gegenwartstheaters, das »beinah sperrangelweit offene Paar« – was sich auf den Kernsatz der Komödie bezieht. Zum Prinzip der offenen Zweierbeziehung gehört, daß sie nur nach einer Seite geöffnet sein darf, nämlich nach der des Mannes – sonst entsteht Durchzug.

Gezeigt wird das Abenteuer eines mittelalterlichen Ehepaars in der Krise, das die Frau im Rückblick erzählt. Der Mann, ein aufgeschlossener linker Gockel, versucht sie von den Vorteilen des Partner-wechsel-dich-Spiels zu überzeugen, wobei er sie gleichzeitig verantwortlich macht für sein Fremdgehen und seine Ausbruchsversuche und sie zur Schuldigen erklärt. Die Frau ihrerseits leidet, fühlt sich schuldig und ungeliebt, reagiert mit Selbstmorddrohungen auf seine Kränkungen, bis sie entdeckt, daß die lautstark propagierte absolute Freiheit

beider Partner graue Theorie ist, denn sie darf nur einseitig praktiziert werden. Kaum angelt sie selber sich einen neuen Supermann, geht ihrem offenen Partner die Luft aus. Die Moral des Stücks: Im Beziehungstriangel häufen sich Lügen und Leiden auf Kosten der Frau. Eine Gratwanderung zwischen Weinen und Lachen, den Zuschauern soll das Lachen im Hals stecken bleiben.
Diese neue Tragikomödie (uraufgeführt im November 83) zu einem uralten Thema verspricht, ein Renner an deutschen Bühnen zu werden, weil sie einem bei uns recht vernachlässigtem Genre angehört: Unterhaltendes Boulevardtheater mit schrillen, gesellschaftskritischen Mißtönen. Das von beiden verfaßte Stück profitiert von der jahrzehntelangen praktischen Bühnenerfahrung seiner Verfasser: Es zeigt ein Spiel auf verschiedenen Spielebenen zwischen Fiktion, Vergangenheit, Realität; pendelt zwischen blitzschnellem Wortwechsel und Schlagaustausch der Spielpartner sowie langen Erzählpassagen der Hauptperson, nämlich der Frau ans Publikum (womit sie ihr Privatleben öffentlich macht); bringt viel Aktion, von nicht vollendeten Fensterstürzen bis zum Partnerclinch beim Gerangel um eine Pistole. Die kunstvoll konstruierte Fabel stellt die Machtverhältnisse in der Ehe auf den Kopf, indem sie den Ehemann spiegelverkehrt dort enden läßt, wo die Frau im Stück anfängt: Er macht Schluß.

Ist das Thema des Stücks – das Schlagwort von der Offenen Zweierbeziehung stammt ja aus den 60er Jahren – nicht etwas überholt?, frage ich Franca.
»Die Erfahrung mit dem Stück hat mir gerade gezeigt, wie verheerend die Beziehungsprobleme sind. Nach der Vorstellung hat meine Garderobe sich regelmäßig in ein Sprechzimmer verwandelt. Zig Leute sind angekommen. Angeblich wollten sie bloß meine Darstellung kommentieren, aber in Wirklichkeit haben sie ihre eigene, schreckliche Geschichte entdeckt.«
Natürlich spiegelt sich in diesem öffentlich geführten ehelichen Streitgespräch nicht nur gemeinsame Bühnenerfahrung, sondern genauso ein Stück Lebensgeschichte des Autorenpaars. »Ein Künstler bedient sich der Realität, um eine neue zu erschaffen. Wenn eine Frau und ein Mann wie wir 30 Jahre zusammenleben, gibt es oft Mißverständnisse und Streit. Wir

haben viele Krisen erlebt. Aber wir sind nicht nur von unserer privaten Liebesgeschichte ausgegangen, sondern haben versucht, die Beziehungen zig anderer Paare abzubilden.« Bei dieser Sachlage ist es verständlich, daß Franca Rame und Dario Fo in der Komödie nicht gemeinsam auftreten. Die Zuschauer würden sie vorschnell mit den Inhalten identifizieren. Letztes Jahr, als ich in Bologna bei Proben und Aufführungen des Stücks assistierte, seufzte Franca: »Wie mir die Beschäftigung mit diesem Thema an die Nieren geht ... das Stück macht mir bei jedem Auftritt zu schaffen.«

Frage: Bei Diskussionen über politisches Volkstheater wurde gesagt, die »Offene Zweierbeziehung« markiere einen Rückzug ins Private, weg vom politischen Theater, weil ein ›privates‹ Thema abgehandelt werde.

»Das ist falsch. Hier bei uns ging es in den Jahren des Aufbruchs zuerst um politische Veränderungen – bis man begriff, auch das Privatleben hat mit Politik zu tun. Da ist nicht dran zu rütteln: Das Private ist politisch! Deshalb ist dieses Stück, das die Beziehung zwischen einem Mann und einer Frau zur Diskussion stellt, ein politischer Text, weil dein Verhalten im täglichen Leben abhängt von der Ideologie in deinem Kopf, aber wie. Aus diesem Grund sage ich immer, wenn ich in meiner Vorrede die ›Offene Zweierbeziehung‹ ankündige, es bringt nichts, wenn einer sich vorbildlich engagiert bei Demonstrationen, bei Fabrikbesetzungen, wenn er Streikposten steht oder im Parteibüro aktiv ist.«

»Wo du politisch stehst ist vielmehr ablesbar an deinen Beziehungen zu deiner Mutter, deiner Frau, deiner Tochter, deiner Schwester. Hier manifestiert sich die Ideologie, die du im Kopf hast! Ich kenne einen Haufen Männer, die hervorragende Politiker sind, echte Genossen, und sich zu Hause, in den eigenen vier Wänden schlimmer aufführen als der letzte bürgerliche Faschist. So sieht die Realität aus!«

»Und deshalb ist jemand, der diesen Text als Spektakel, als bloße Unterhaltung begreift, ein Schwachkopf. Davon bin ich überzeugt. Wie dieser Mann in dem Stück sich verhält, ist wirklich faschistoid. So als ob einer ankommt und sagt: Ich mache was ich will, ich bin ein guter Genosse, hab sämtliche wichtigen Schwarten intus, angefangen bei Lenin, aber im Privatleben benehme ich mich wie ein echter Scheißkerl –

denn einer der seine Frau derart behandelt, ist ein Scheißkerl. Denk nur an deinen Mann ... und manchmal ist meiner nicht besser ... warum lachst du?«
»Weil wir alle die gleiche Geschichte haben.«
»Natürlich. Es ist nur wichtig, damit so gut wie möglich fertig zu werden.«
Franca, mit einem freundlichen Seitenblick auf Dario: »Er kann nichts dafür. Die Frauen verlieren eben leicht ihren Kopf wegen einem großen Regisseur, einem bedeutenden Sänger, einem berühmten Schriftsteller ... viel schneller als wegen dem Apotheker oder dem Kioskbesitzer an der Ecke. Und also sind diese bedauernswerten großen Männer ständig Versuchungen ausgesetzt.«
Es war ein guter Einfall, darüber ein Stück zu schreiben, dachte ich. Dialoge zwischen Leuten, die Jahre zusammen leben, wirken mit ihren Übertreibungen und Vorwürfen doch häufig, als probten sie ein Stück. In der Hauptrolle die Schmierenkomödiantin ... sollte man nicht einfach eheliche Streitgespräche öffentlich inszenieren, zur Triebabfuhr? Da holte mich Franca auf den Teppich zurück.
»Ich muß sagen, die jungen Frauen der achtziger Jahre, je politisierter, je feministischer, je linker sie sind, desto lockerer sitzen die Höschen. Nicht nur das! Dauernd wollen sie sich sofort mit den Männern der anderen Frauen verloben ... sie schreiben, sie flehen, sie rufen ununterbrochen an ... und ich muß das Telefon abnehmen!«
Dario Fo, um eine Stellungnahme gebeten, schlägt einen historischen Haken um das Thema.
»Früher«, sagt er, »in der heuchlerischen Bourgeoisie des 19. Jahrhunderts, hatte jeder Mann das Recht auf eine Geliebte, vorausgesetzt, er stellte sie nicht schamlos zur Schau. Das war ein Muß. Ja, einer, der keine Geliebte hatte, erregte das Mißtrauen der anderen, als sei er abartig. In einer französischen Farce von Labiche liebt der Held seine Ehefrau und weigert sich, sie zu verraten. Aber die Gesellschaft läßt das nicht durchgehen. Um ihm zu helfen, ist seine Frau gezwungen, eine Freundin einzuweihen, die sie dazu überredet, sich als seine Geliebte auszugeben ...«
»Jede historische Epoche hat andere Moden, und bringt die Verhaltensweisen hervor, die sie verdient. Die offene Zweier-

beziehung ist eine Modeerscheinung, und noch dazu ungesund, sie produziert bloß Neurosen und Frustrationen bis hin zu somatischen Reaktionen.«

»Nun, für die Penelopefrau gibt es, neben der Scheidung, eine weit verbreitete Alternative: Sie wartet geduldig auf Odysseus Heimkehr, breitet nach Jahren der Irrfahrt die Arme aus und lächelt mütterlich über seine Tränen der Reue ...«

Was die inhaltliche Konzeption der »Offenen Zweierbeziehung«, genauer gesagt ihre Auflösung, ihr Finale, betrifft, so hat sich Franca mit ihrer Idee durchgesetzt. Fo hätte einen witzigen Schluß vorgezogen. Der Konkurrent des Ehemannes, dieser von Antonia nach langer Suche aufgetriebene Supermann, sollte ein Produkt ihrer Phantasie, ein Phantommann bleiben. So die Pointe des Autors. Seine Co-Autorin jedoch beharrte auf einer Veränderung der Frau und infolgedessen auf der realen Existenz des Atom-Menschen. Folglich tritt der Liebhaber in letzter Minute leibhaftig auf und darf einen Satz sagen. Eine Nebenrolle. Wer verbirgt sich hinter der Maske? Der Autor.

Aber Franca hat doch das letzte Wort behalten.

R. C. H., Haunetal, im Februar 1985

Franca Rame und Dario Fo im Rotbuchprogramm

Dario Fo, *Elisabetta / Isabella, drei Karavellen und ein Scharlatan*
Zwei Stücke.
Rotbuch 316. 208 Seiten. DM 16

Franca Rame und Dario Fo, *Nur Kinder, Küche, Kirche*
Dario Fo, *Mamma hat den besten Shit*
Zwei Stücke und ein Bericht über Franca Rame.
Rotbuch 202. 240 Seiten. DM 14

Dario Fo, *Bezahlt wird nicht*
Eine Farce.
Rotbuch 166. 96 Seiten. DM 8

Dario Fo, *Einer für alle, alle für einen! Verzeihung, wer ist hier eigentlich der Boß? / Zufälliger Tod eines Anarchisten*
Rotbuch 188. 192 Seiten. DM 12

Dario Fo, *Hohn der Angst*
Eine Farce über die Entführung einer hochgestellten Persönlichkeit.
Rotbuch 252. 144 Seiten. DM 10

Dario Fo, *Obszöne Fabeln / Mistero Buffo*
Szenische Monologe.
Rotbuch 284. 160 Seiten. DM 12

Rotbücher, eine Auswahl

Irene Brin, *Morbidezza*
Kleine Geschichte des Snobismus
zwischen den großen Kriegen.
232 Seiten. Gebunden. DM 36

Dacia Maraini, *Zeit des Unbehagens*
Roman. Rotbuch 321. 156 Seiten. DM 15

Dacia Maraini, *Winterschlaf*
Erzählungen. Rotbuch 292. 128 Seiten. DM 14

Dacia Maraini, *Zug nach Helsinki*
Roman. 252 Seiten. DM 29

P. Kammerer/E. Krippendorff, *Reisebuch Italien 1*
Über das Lesen von Landschaften und Städten
Rotbuch 209. 224 Seiten. DM 12

P. Kammerer/E. Krippendorff, *Reisebuch Italien 2*
Rotbuch 251. 224 Seiten. DM 15

Cora Stephan, *Ganz entspannt im Supermarkt*
Liebe und Leben im ausgehenden 20. Jahrhundert.
Rotbuch 300. 144 Seiten. DM 14

Astrid Eichstedt/Bernd Polster, *Wie die Wilden*
Tänze auf der Höhe ihrer Zeit.
Großformat mit vielen Bildern. 144 Seiten. DM 34